장담 신무협 장편소설

ORIENTAL FANTASY STORY & ADVENTURE

강호제일해결사

江湖第一解決士

3

천해공자(天解公子) 1

dream
books
드림북스

강호제일 해결사 3 천해공자(天解公子) 1

초판 1쇄 인쇄 2014년 7월 15일
초판 1쇄 발행 2014년 7월 22일

지은이 장담
발행인 오영배
기획 박성인
책임편집 정성호

펴낸곳 (주)삼양출판사 · 드림북스
주소 서울특별시 강북구 솔샘로67길 92
대표 전화 02-980-2112 **팩스** / 02-983-0660
블로그 blog.naver.com/dreambookss
출판등록 1999년 3월 11일 제9-00046호.

ISBN 979-11-313-0018-3 (04810) / 979-11-313-0015-2 (세트)

장담 신무협 장편소설

강호제일해결사

江湖第一解決士

ORIENTAL FANTASY STORY & ADVENTURE

3

천해공자(天解公子) 1

dream books
드림북스

차례

강호제일해결사

江湖第一解決士

第一章

사라진 것은……

"손님이 계셨군."

"예, 형님. 범어와 고대 문자를 잘 아셔서 이야기를 나눠 보려고 초대했습니다."

"그래?"

주호정은 고개를 돌려서 사운평을 바라보았다.

사운평은 살심을 누르고 최대한 밝은 표정을 지었다.

"진평이라 합니다."

"검천성의 주호정이오."

"말씀은 많이 들었습니다."

'나다, 주호정. 너를 죽이려고 왔지.'

주호정은 처음 봤을 때와 달리 머리를 단정히 위로 올리고 역용을 한 사운평을 알아보지 못했다. 다만 어디선가 본 것 같다는 느낌만 들었을 뿐.

하긴 두 사람이 대면한 것은 한 번에 불과했다. 그나마도 그때는 머리에서 발끝까지 낭인이나 다름없던 데다, 싸움이 한창이어서 머리카락까지 흐트러져 얼굴을 반쯤 가리고 있었다.

당시와 귀공자처럼 꾸민 지금은 모습이 천양지차였다.

아마 죽은 사부가 살아난다 해도 알아보지 못하고 '너는 누구냐?'며 제자를 의심할지 몰랐다.

"그런데 어쩐 일이십니까, 형님?"

"건 아우에게 한 가지 부탁할 것이 있어 왔네."

"뭘 말씀입니까?"

"아무래도 아버님과 외숙부께서 나와 연 매의 혼인을 탐탁지 않게 생각하시는 것 같아. 아버님은 내가 알아서 할 테니, 아우가 외숙부의 마음을 돌려줬으면 싶네."

공손건이 쓴웃음을 지었다.

"그 혼인, 꼭 해야만 하냐고 물으면 화를 내시겠지요?"

"우형은 절대 물러서지 않을 거야. 강호를 다 뒤져도 연매 만한 여인은 없어."

"저도 이 소저가 좋은 여인이라는 것은 압니다. 그런데 아주 중요한 문제가 걸림돌로 작용하고 있습니다."

"무슨 문제?"

"솔직히 말하지요. 그녀는 형님을 마음에 두고 있지 않습니다."

"그건 나도 아네. 하지만 혼인이 허락되면 나는 그녀의 마음을 돌릴 자신이 있어."

"정말 이 소저의 마음을 돌릴 자신이 있습니까?"

"한 달이면 충분해."

"으음, 형님께서 그리 자신하신다면 제가 한번 아버님께 말씀드려 보겠습니다."

"고맙네, 건 아우."

사운평은 들끓는 감정을 감추기 위해 찻잔을 들어 입에 댔다.

'흥! 너는 절대 연연이의 마음을 얻을 수 없어, 주호정. 내 손에 죽을 거니까.'

하지만 그는 너무 주호정에게만 신경 쓰는 바람에 공손건의 눈빛을 제대로 보지 못했다. 깊은 곳에서 일렁이는 한 줄기 불길을.

주호정은 일각가량 대화를 나누고는 이연연이 걱정 된다며 방을 나갔다.

사운평은 그 후 반 시진 정도 더 이야기를 나누고는 공손건의 방을 나왔다.

"하하, 아주 즐거웠소, 진 형."

"저 역시 마찬가지입니다. 정말 공손 형처럼 박학다식한 분은 처음 봤습니다."

"별말을 다하는군요."

"저 정원만 봐도 알 수 있는 일이지요."

사운평이 갑자기 정원을 가리키며 말하자, 공손건의 눈빛이 달라졌다.

"흠, 알아보셨소?"

알기는 개뿔.

그래도 겉으로는 미소를 지으며 그럴 듯하게 말했다.

"제가 어찌 안다고 할 수 있겠습니까? 그저 제가 모르는 기문진이 설치되었나 보다 하는 정도지요."

"기문진이 설치되었다는 것을 알아낸 것만 해도 대단한 거요. 역시 내가 사형을 잘못보지 않았구려."

"혹시라도 시험해 보라는 말씀은 마십시오. 저는 저 안에 들어가서 환상 속을 헤매다 죽고 싶지 않으니까요."

사운평이 짐짓 과장된 표정을 지으며 너스레를 떨자, 공손건이 가벼운 웃음을 터트렸다.

"하하하, 그 정도로 복잡하고 위험한 진은 아니오. 그저 멋모르고 들어오는 외부인을 막기 위해서 설치한 일종의 금쇄진일 뿐이오."

"좌우간 이 진 모는 기문진과 인연이 없으니 멀찌감치 돌아서 나가야겠습니다. 그럼 다음에 뵙지요."

사운평은 미소를 지으며 포권을 취하고 몸을 돌렸다.

'간단한 금쇄진이란 말이지? 그 정도면 연홍이 뚫을 수 있을지도 모르겠군.'

사운평의 등을 바라보는 공손건의 두 눈에 싸늘한 조소가 떠올렸다.

'나름대로 재미있는 자군. 자신의 주제도 적당히 알고. 가끔 데리고 놀기에는 적당한 자야.'

*   *   *

실컷 먹고 마시며 즐긴 사람들이 하나둘 지쳐 가던 해시(亥時) 초.

천의산장의 대전각인 천명전(天明殿)의 내실에는 다섯 명이 둘러앉아 있었다. 잔치 분위기라고 하기에는 왠지 무거운 분위기였다.

"위지강이 아직 잡히지 않았단 말이냐?"

상석에 앉아 있는 노인이 미간을 좁히며 물었다.

길게 늘어진 하얀 눈썹, 백설처럼 하얀 수염이 가슴까지 늘어진 노인은 족자에 그려진 신선이 세상 밖으로 튀어나온 듯했다.

그 노인이 바로 칠순 잔치의 주인공인 공손수경이었다.

그가 인상을 찌푸리자 만근 바위에 짓눌린 듯 모두의 표정이 굳어졌다.

천의산장을 좌지우지하는 공손무곡도, 하남의 맹주 주철위도 예외가 아니었다.

"예, 아버님."

"만에 하나 그가 입을 열면 우리를 보는 세상의 눈이 달라질 거다. 그 일을 너무 가볍게 처리했어."

"그도 은명곡에 남아 있는 가족들을 생각해서 함부로 입을 열지는 못할 것입니다."

"세상일이 어떻게 변할지는 아무도 모르는 것이다. 화가 될 일은 미연에 방지하는 것이 최선이니라."

"아버님의 말씀이 옳습니다. 잔치가 끝나는 대로 사람을 더 증원하도록 하겠습니다."

공손수경은 공손무곡의 대답에 고개를 끄덕였다.

당장 위지강을 잡겠다고 대규모 무사를 파견할 수 없다는 걸 그도 모르지 않았다. 잘못하면 벼룩을 잡겠다고 초가삼간을 태우는 우를 범할 수 있었다.

그러나 지금 그를 잡지 못하면 더 큰일에 봉착할지 모른다는 게 그의 생각이었다.

"그리고 이청산의 딸과 호정이를 혼인시키는 일은 그대로 진행하도록 해라."

그 말에 공손무곡이 멈칫했다.

어지간히 중요한 일이 아니면 부친의 뜻에 반론을 펴지 않는 그였다. 그러나 주호정의 일만큼은 그도 나름대로 생각한 것이 있었다.

"아버님, 이청산의 딸보다는 봉천문주의 딸이 낫지 않겠습니까?"

"저 역시 같은 생각입니다."

조용히 앉아 있던 중년인이 한마디 거들었다.

묵직한 인상, 당당한 체격을 지닌 그가 바로 주호정의 부친이자 검천성의 성주인 패천검웅 주철위였다.

공손수경도 두 사람이 그리 말하는 뜻을 모르지 않았다. 하지만 그는 그들이 보지 못한 것을 보고 있었다.

"세력만 따진다면 이가장보다 봉천문이 낫겠지. 하지만 효용성 면에서는 이가장이 더 나아. 그리고 이연연 그 아이, 상(相)이 아주 좋다. 호랑이에게 날개를 달아 줄 수 있는 상이야. 잘 다독여서 마음만 돌려놓으면 봉천문의 아이보다 나을 게다."

주철위는 그 말을 듣고서야 표정이 풀어졌다.

장인인 공손수경은 관상의 대가다. 소림의 달마대사가 지었다는 달

마상법(達磨相法)을 오래전에 통달해서 사람 보는 눈만큼은 자신이 감히 따라갈 수가 없었다.

그와 공손가향의 혼인도 공손수경이 관상을 보고 허락하지 않았던가.

사실이라면 아들의 혼인을 굳이 마다할 이유가 없었다.

하지만 공손무곡은 그와 생각이 달랐다.

그럴 수밖에 없었다.

검천성의 힘이 커지는 것은 그도 원하는 바였다. 검천성은 천의산장의 전위세력이라 할 수 있으니까.

그러나 주호정이 크는 것은 바라지 않았다.

'호랑이에게 날개를 달아 줄 순 없지.'

그의 눈빛이 싸늘하게 가라앉았다.

*　　*　　*

창문을 여는 이연연의 손이 가늘게 떨렸다.

'주 공자와 아버님의 뜻을 꺾을 수 없는 한 다른 방법이 없어.'

어쩌면 철없는 행동일 수도 있었다. 잘못되면 최악의 상황이 발생할 수도 있고.

그러나 원치 않는 삶에 자신을 내던지고 평생 후회하면서 살아갈 수는 없었다.

숨을 깊게 들이쉰 그녀는 이를 악물었다.

시간이 많지 않았다. 아침이 되면 자신의 힘으로 할 수 있는 일이 아무것도 없게 될 터. 그 전에 결정을 내려야 한다.

때마침 자신을 도와주겠다는 은밀한 제안이 들어온 상황. 기회는 지금뿐이다.

그녀는 떨리는 손으로 하얀 손수건을 들어서 창문 밖을 향해 흔들었다.

손끝이 사시나무처럼 떨렸다. 기다란 속눈썹 사이로 습기가 서렸다.

이제 운명의 주사위는 던져졌다.

잘한 결정인지, 잘못된 결정인지는 하늘이 정해 주겠지.

'죄송해요, 아버지.'

*　　　*　　　*

"이연연이 신호를 보냈습니다."

"그래? 그럼 저들에게 알려 주도록 해라. 그리고 경비는 네가 직접 챙겨서 일각 정도 공백 상태를 만들도록 해."

"예, 대공. 하온데……."

"말해봐라, 개양."

"소공께서 그녀를 마음에 두고 있는 것 같습니다."

공손무곡의 굵은 눈썹이 송충이처럼 꿈틀거렸다.

"건아가?"

"예, 대공. 겉으로 표현하신 적은 없습니다만, 얼핏 그녀에 대해서 말을 하는데 지금까지 전혀 보지 못했던 눈빛을 보였습니다."

"으으음, 건아가 그 아이를 좋아한단 말이지?"

"좋아하는 마음인지 아니면 단순한 호기심인지는 아직 확실치 않습니다만, 어쨌든 지금까지 보여주지 않았던 감정의 변화가 있는 것만은 분명합니다."

"하긴 그 아이 나이도 벌써 스물이 넘었어. 짝을 찾으려는 마음이 생길 때지."

"어떻게 했으면 좋을지……."

수염을 쓰다듬던 공손무곡이 조금은 못마땅한 표정으로 말했다.

"소멸 계획은 일 뒤로 미루도록 해라. 정말 좋아하고 있는 거라면 그 아이도 충격을 받을지 모르니까."

"예, 대공."

"그리고 신궁에 사람을 보내서 의사타진을 해 보도록."

"날이 밝는 대로 사람을 보내겠습니다."

*   *   *

"할 수 있겠어? 못 하겠으면 미리 말해."

"할 수 있다니까요."

"좋아. 그럼 그 일은 너에게 맡기마. 그 대신 안 되겠다 싶으면 바로 물러나. 알았지? 나에겐 그깟 책보다 네가 더 중요하니까."

"예, 대형."

조연홍은 사운평의 말이 거짓이 아님을 느끼고 가슴이 뭉클해졌다.

'생각보다 정이 많은 사람이야. 내가 그래서 못 떠난다니까?'

사운평이 그의 어깨를 툭툭 두드렸다.

'앞으로 부려먹을 곳이 많을 텐데, 다치기라도 하면 안 되지.'

조연홍은 자시(子時)에서 축시(丑時)로 넘어갈 즈음 뒤가 마려운 시늉을 하며 방을 나섰다.

그러고는 사람이 없는 곳에 이르자 어둠과 동화되어 흔적도 없이 사라졌다.

하루 종일 잔치를 치르느라 대부분의 사람들이 지친 상태였다. 경비 무사들도 별다른 일이 벌어지지 않은 데다 피곤이 쌓이자 감시가 느슨해졌다.

그런 감시망은 무영귀도의 제자에게 위협이 되지 못했다.

한편, 조연홍이 방을 나간 후 사운평은 침상에 누워서 천장을 쳐다보았다.

천장에 이연연이 떠다니고 있었다.

때로는 배시시 웃고, 때로는 걱정스런 표정을 짓고, 때로는 눈물을 글썽거리면서.

눈을 감으면 눈꺼풀에 떠다니고, 눈을 뜨면 다시 천장에 떠올랐다.

옆으로 돌아누우면 벽에서 춤추듯이 하늘거리고, 다시 반대편으로 돌아누우면 금방이라도 문을 열고 들어올 것처럼 느껴졌다.

'진짜 병에 걸린 모양이네.'

그렇게 얼마나 시간이 지났을까, 답답함을 이기지 못한 그는 몸을 일으켰다.

언송초와 언소소는 잠에 빠져들었는지 나지막한 숨소리만 들렸다.

"똥통에 빠졌나? 왜 안 와?"

혼잣말처럼 나직이 중얼거리며 침상에서 내려선 사운평은 가자미 눈으로 언송초와 언소소를 살펴본 후 방을 나섰다. 바람이라도 쐬는 게 좋을 듯했다.

탁.

작은 소리와 함께 방문이 닫히고 열을 셀 시간이 지날 즈음, 침상에서 나직한 목소리가 흘러나왔다.

"좀 수상한 놈들이지?"

"예, 할아버지."

"뭐하는 놈들 같냐?"

"단순한 사기꾼은 아닌 것 같아요."

"내 생각도 그러니라. 자식, 소질이 제법이긴 한데, 내 눈을 속일 순 없지."

"그래도 아주 나쁜 사람들은 아닌 것처럼 보여요."

"그건 네 말이 맞는 것 같다. 그래서 그냥 놔두고 있는데…… 아무래도 뭔가 큰일을 저지를 놈들 같아."

"낮에 이야기를 나눌 때 느낌으로는, 이연연과 어떤 관계가 있는 것 같기도 해요."

"그래?"

여자의 감각이란 그런 방면에서 놀랍도록 뛰어나다. 언송초도 그걸 알기 때문에 손녀의 말을 무시하지 못했다.

"그럼 그 애 때문에 온 것일지도 모르겠구나. 엉뚱한 일이나 벌이지 않으면 좋겠는데 말이야."

"그렇게까지 무모한 사람은 아닌 것 같아요."

"네가 뭘 모르는구나. 남자가 여자에게 미치면 못 할 짓이 없느니라. 여자가 남자에게 미쳐도 마찬가지고."

"그건 그래요."

언소소는 심각한 표정으로 언송초의 말에 동의하고는 화제를 돌렸다. 지금은 확실치도 않은 사랑싸움보다 다른 일이 더 중요했다.

"근데 할아버지, 할아버지가 알아보신다는 것은 알아봤어요?"

"그게 좀 묘해. 그들과 관계가 있는 것은 분명한 것 같은데, 의외로 증거가 너무 없어."

"그만큼 철저한 자들이란 말이겠죠."

"나도 그 생각을 안 해 본 것은 아닌데, 사실 이들이 그들이라면 이렇게까지 철저하게 숨길 이유가 없거든."

"하긴 힘을 지닌 자들은 애써 숨기려 하지 않죠. 할아버지의 말을 들으니 정말 이상하네요."

"그래서 고민이다. 영호 늙은이를 한번 만나 봐야 하나 싶기도 하고……."

"그분이 우리를 싫어하지 않을까요?"

"싫어하겠지. 엄청 꼬장꼬장한 양반이거든. 사실 그 양반의 말을 들어보면 좀 더 확실하게 알 수 있을 텐데도 그래서 망설이는 것이야."

"풍 할아버지에게 만나 보라고 하면 어때요?"

"흥. 그 늙은이가 지금 삐쳐 있어서 내 말을 들을지 모르겠다."

본래 언송초와 풍죽괴는 함께 한 가지 일을 알아보고 있었다. 그러던 중 설편자라는 별호답게 언송초가 살짝 사기를 쳐서 풍죽괴를 실컷 부려 먹었는데, 풍죽괴가 그 사실을 알고 토라져 있었다.

언소소는 사정을 잘 알고 있기에 자신이 나서기로 했다.

"제가 말해 볼게요."

"네가? 그렇게 해 봐라. 너라면 그 늙은이도 빌어먹을 고집을 꺾을 거다."

*   *   *

밖으로 나간 사운평은 객당 인근을 천천히 거닐었다.

여기저기서 타오르는 화톳불로 인해 장원 전체가 불그스름하게 물들어 있었다. 게다가 옅은 안개까지 껴서 분위기가 괴괴했다.

사운평은 오히려 그런 분위기가 마음에 들었다. 싱숭생숭한 마음과 잘 어울리는 분위기였다. 더구나 조연홍이 일을 하기에는 대기가 맑은 것보다 훨씬 나았다.

'하늘도 내가 착한 일 한다는 걸 알고 도와주는군.'

경비 무사들이 춤을 추듯 흔들리는 화톳불 주위를 오가면서 그를 힐끔거렸다.

사운평은 모른 척하고 뒷짐을 진 채 산책을 즐겼다. 그의 마음은 지금 경비 무사들의 눈길에 신경 쓸 정신이 없었다.

할 수만 있다면 지금 당장 주호정을 찾아가서 숨통을 끊어 버리고 싶었다.

경비가 삼엄하다 해도 그의 발길을 막을 수는 없었다. 더구나 안개가 낀 이런 날이라면……

다만 문제가 되는 것은 가족들의 거처에 펼쳐진 빌어먹을 기문진이다.

기문진을 은밀하게 통과하지 못하면 주호정의 얼굴도 보지 못하고 들킬 가능성이 컸다.

그럼 주호정에 대한 호위만 더욱 강해지겠지.

'잔치가 끝나고 검천성으로 돌아갈 때를 노릴까?'

아쉬움이 많지만, 냉정하게 생각해 보면 현재로선 그 방법이 최선이었다.

돌아갈 즈음에는 경계심도 많이 풀어져 있을 터. 더구나 혼인 발표로 인해 들떠 있을 것이다.

검천성까지 가는 데 걸리는 시간은 이틀 정도. 그 안에 한두 번은 기회가 생기지 않겠는가?

'그래. 조급해하지 말자, 사운평. 사부는 목표물을 처리하기 위해서 하루 종일 똥통 속에 들어가 있었던 적도 있다고 했잖아? 뛰어난 해결사가 되려면 인내가 있어야 해. 혼인 발표를 해도 놈만 죽이면 끝나는 일이야.'

숨을 깊게 들이쉰 그는 소공이 있는 별원 쪽을 향해 신경을 곤두세웠다.

만에 하나 조연홍이 실패해서 정체가 드러난다면 그 즉시 이곳을 빠져나가야 했다.

언송초와 언소소에게는 미안한 일이지만 알릴 시간조차 아껴야 했다.

'그래도 강호사괴 중 한 사람인데, 어떻게든 빠져나오겠지 뭐.'

그는 사기의 대가가 아닌가? 무슨 거짓말을 해서라도 빠져나갈 것이다. 어쩌면 자신을 나쁜 놈 취급할 수도 있고.

'근데 왜 이렇게 늦지?'

그때였다.

내원 깊은 곳에서 소란스런 소리가 들렸다.

'뭐야? 정말 들킨 거야?'

사운평은 깜짝 놀라서 청력을 극한까지 끌어올렸다.

그런데 괴이했다. 소란스럽긴 한데 소리를 지르는 사람이 없었다. 일반적으로 도둑이 들면 '도둑이야! 도둑이 들었다! 도둑 잡아라!' 하면서 소리를 지르기 마련이거늘.

경비 무사들도 무슨 일인지 모르는 듯 웅성거리고만 있었다.

'뭐지?'

사운평은 경비 무사들에게 다가가서 넌지시 물었다.

"무슨 일이라도 있소? 내원이 소란스러운 것 같은데."

경비 무사들이 머뭇거리며 말을 조심했다.

"우리도 잘 모르겠소."

"어디서 저러는 거요? 낮에 소공이 불러서 만나러 간 적이 있는데, 그곳에서 일이 생긴 거요?"

사운평이 이번에는 '소공을 만났다.'는 말을 강조하며 물었다.

그 말에 경비 무사들의 태도가 달라졌다.

그들에게 소공은 하늘 아래 태산이다. 소공이 불러서 만날 정도라면 예사 신분이 아니라는 뜻.

"천우원은 아닌 것 같습니다, 공자. 아무래도 정밀원(情密院)쪽 같은데……."

정밀원이라면 가족이나 다름없는 손님들이 머무는 곳이다. 검천성의 사람들도 그곳에 있다.

그리고 주호정의 청으로 이연연도 특별 대우를 받아서 그곳에 머물고 있었다.

'설마 연연이에게 무슨 일이 생긴 것은 아니겠지?'

불안감이 밀려들었다.

하지만 그는 내원으로 가고 싶어도 갈 수가 없었다.

내원 쪽에서 삼십 대 장한이 달려 나오더니 경비 무사들에게 명령을 내렸다.

"이 시간 이후로, 산장의 사람 외에 외부 인사는 신분의 고하를 막론하고 아무도 내원 쪽으로 다가가지 못하게 해라."

그러고는 사운평을 보고 차가운 표정으로 말했다.

"공자도 거처로 돌아가 계시오."

"대체 무슨 일인데……?"

"아실 것 없소."

"허어, 이거 참. 소공께 가서 물어봐야 하나?"

사운평이 다시 한 번 공손건을 팔아먹었다.

장한 역시 그 말을 듣고 표정이 달라졌다. 하지만 그는 경비 무사와 달리 쉽게 입을 열지 않았다.

"지금 비상이 걸린 상황이니 누구도 함부로 나다니면 안 되오. 즉시 돌아가시오."

사운평은 완강한 그의 태도를 보고는 더 이상 버티지 않고 몸을 돌렸다.

'연흥은 괜찮은지 모르겠군.'

그때 그의 말에 화답하듯 등 뒤에서 고함이 터져 나왔다.

"웬 놈이 감히 천우원에 허락도 없이 들어간 것이냐!"

홱, 고개를 돌린 사운평은 목소리가 들리는 곳을 바라보았다.

그 순간 재차 고함이 터져 나왔다.

"수상한 자가 도주한다! 잡아라!"

'제기랄!'

사운평은 속이 새카맣게 탔지만 태연함을 유지하며 객당으로 걸어갔다. 거리가 십여 장에 불과한데도 마치 십 리는 되는 듯했다.

그가 걸어가는 동안 객당 안에서 자던 사람들이 고함소리에 잠을 깨서 하나둘 밖으로 나왔다.

"무슨 일이야?"

"왜 이리 시끄러워? 술에 취했으면 조용히 잘 것이지……."

그 사이 초조한 마음으로 객당에 도착한 사운평은 건물 뒤로 돌아갔다. 건물 뒤쪽에는 화톳불이 없었다.

그는 좌우를 재빨리 둘러보고는 땅을 박차고 신형을 날렸다.

그의 모습이 허공으로 솟구침과 동시에 어둠과 동화되며 사라졌다.

객당에서 담장까지는 거리가 얼마 되지 않았다. 더구나 사람들의 신경이 모두 안쪽을 향한 터라 빠져나가는 것은 어렵지 않았다.

담장 밖에 순찰 무사들이 있긴 했지만, 어둠 속에 녹아든 채 날아가는 사운평을 발견하지 못했다.

산장을 나선 그는 뒤도 돌아보지 않고 동쪽으로 향했다.

조연홍과는 일이 실패했을 때를 대비해서 만날 장소를 약속해 둔 터였다.

중간에서 머뭇거릴 이유가 없었다.

사운평이 천의산장을 벗어난 직후, 두 사람이 더 담장을 넘어서 꽁지가 빠지게 다급히 몸을 날렸다. 언송초와 언소소였다.

방에서 잔뜩 신경을 곤두세우고 있던 그들은 고함소리가 들리자 밖으로 나가보았다. 그때 언뜻 건물을 돌아가는 사운평이 보였다.

수상하게 생각한 두 사람은 사운평의 뒤를 따라가 보았다. 그런데 그의 모습이 어디에서도 보이지 않았다.

잠시 뒷마당을 둘러보던 두 사람은 사운평이 도주했다는 결론을 내리고 일이 커지기 전에 도망쳤다.

"역시 그놈들 때문에 벌어진 일 같지?"

"그런 것 같아요."

"망할 놈들. 늙은이를 한밤중에 뛰게 만들다니."

"그런데 조금 이상해요."

"뭐가 말이냐?"

"일이 벌어진 곳은 두 군데였어요. 하지만 진 공자는 아무 곳도 가지 않았죠."

"그건 그렇구나."

"결국 한 곳에서 벌어진 일은 그들과 상관이 없단 말이에요."

"그럼 한쪽에선 누가 일을 저지른 거지?"

"누가 저질렀든 오늘 일로 상황이 급박하게 돌아갈 것 같아요."

"왜?"

"저들에게는 울고 싶은데 뺨 때려 준 셈이 되었어요. 저들은 어떤 식으로든 이번 일을 크게 키워서 바람을 일으킬 거예요."

"제길, 일이 요상하게 꼬이는군."

*　　*　　*

정밀원에서 한 사람이 사라졌다.

다른 사람도 아닌 이연연이!

아무도 예상치 못했던 사건은 축시가 다 된 시간에 천의산장을 발칵 뒤집어 놓았다.

그런데 그 직후 또 하나의 사건이 벌어졌다.

이연연이 사라졌다는 소식을 들은 공손건이 정밀원으로 간 사이 누군가가 천우원에 침입한 것이다.

연속 벌어진 사건은 천의산장을 순식간에 혼란의 도가니로 몰아넣었다.

대공 공손무곡도 잠에서 깨어나 급히 정밀원으로 갔다.

이연연의 방에는 주호정과 주철위, 이청산 등 여섯 명이 미리 와 있었다. 본래는 공손건도 있었는데 천우원에 침입자가 있다는 말을 듣고 돌아간 상태였다.

"외숙부, 연 매가 서찰은 남겨 놓고 사라졌습니다."

주호정이 안절부절못하며 공손무곡에게 말했다.

공손무곡은 이연연이 남겨 놓았다는 서찰을 받아서 읽어보았다. 내용은 간단했다.

[이렇게 떠나서 죄송해요, 아버지. 나중에 마음을 추스르고 나면 집으로 돌아갈게요.]

공손무곡은 고개를 돌려서 사십 대 중년인을 다그쳤다.

"영효, 대체 어찌 된 일이냐?"

경비 책임자인 순무당주 기영효가 바위처럼 굳은 얼굴로 대답했다.

"이 소저께서 잠깐 바람 좀 쐬겠다며 뒤쪽에 있는 정원을 거닐었는데 한참이 지나도록 돌아오지 않았다 합니다. 뒤늦게 이상한 생각이 든 경비 무사가 급히 찾아봤지만, 이 소저의 모습은 어디에서도 보이지 않았다 합니다."

"침입자의 흔적은?"

"면밀히 살펴보았습니다만 특별히 의심되는 흔적은 찾아내지 못했습니다."

"그럼 정말 그 아이가 제 발로 이곳을 벗어났단 말이냐?"

"서찰을 남겨 놓은 것으로 봐서는 아무래도 그럴 가능성이 큰 것 같습니다."

"현재 상황은?"

"무사들을 동원해서 산장 내부와 외부를 샅샅이 수색하고 있습니다."

공손무곡이 이청산을 향해 시선을 돌렸다.

"이 장주, 짐작 가는 바라도 있소?"

이청산의 얼굴은 창백하게 굳어져 있었다. 그는 이연연이 왜 떠났는지 짐작하고 있었다.

　　"아버지가 아무리 그러셔도 저는 주 공자와 혼인할 수 없어요.
　　저는 이미 다른 사람의 여자예요."
　　"저를 막다른 골목으로 몰아넣지 말아 주세요. 그럼 불효막심
　　한 이 딸이 아버지께 불효를 저지를지 몰라요."

그동안 몇 번이나 그런 식으로 말을 했다.

그래도 한 귀로 듣고 한 귀로 흘렸다.

그래도 대수롭지 않게 생각했다.

딸은 마음이 여린 아이였다. 아버지를 실망시킬 아이가 아니었다. 설령 엉뚱한 마음을 먹었다 해도 그 여린 아이가 뭘 어떻게 하겠는가?

혼인 발표를 하고 나면 딸도 별수 없이 주어진 운명을 받아들일 수밖에 없겠지.

여자의 운명이란 대체로 그러하니까.

누군가를 좋아하는 마음이야 세월이 지나면 바뀔 것이고.

그렇게 생각한 그는 이연연의 말을 무시하고 더욱 강하게 자신의 생각을 강요했다.

　　"이 애비도 네 행복을 위해서 이러는 거다. 이번만큼은 이 애비

의 말을 듣도록 해라."

그는 자신의 딸이 얼마나 강한 여인인지 생각도 못 했다.

복마전이나 다름없는 천의산장에서 탈출할 줄은 더더욱 몰랐고.

말 못하는 세월 동안 쌓인 정신적 고통을 어린 소녀가 스스로 삭인다는 게 어찌 쉬운 일이었겠는가.

'그 죽일 놈이 끝내 연연이의 삶을 망치는구나.'

이청산은 사운평을 향해 이를 갈았지만 사실대로 말할 수는 없었다.

이연연이 납치범이었던 놈과 그렇고 그런 관계라는 것이 알려지면 이가장의 위신은 진흙탕에 처박힐 테니까.

"저도 그 아이가 왜 이곳을 나갔는지 모르겠습니다, 대공."

"듣기로는 따님에게 좋아하는 남자가 있다던데, 그가 누군지 아시오?"

"그 아이가 말해 주지 않아서 정확한 것은 저도 잘 모릅니다."

"내 생각으로는 그자가 관련되어 있지 않을까 싶소. 호정이와 혼인 발표를 한다고 하니까 그 전에 빼돌린 것일 수도 있지 않겠소?"

말투 속에 비웃음이 섞여 있었다. 다른 남자와 눈이 맞아서 도망친 것 아니냐는 듯.

이청산은 가슴이 울컥했지만 겉으로 표현하지는 못했다.

"그럴지도 모르겠습니다."

"호정아, 혹시 너는 그자가 누군지 아느냐?"

공손무곡이 이번에는 주호정에게 물었다.

주호정 역시 사실대로 말할 수 없었다. 이연연이 하찮은 흑도 무리와 연관되었다는 게 알려지면 부친과 외숙부가 더욱 싫어할지도 몰랐다.

"소질은 그자에 대해서 아는 바가 없습니다, 외숙부."

"쯔쯔쯔, 어리석은 놈. 네가 정말 그 아이를 좋아한다면 그 정도는 미리 알아 놓았어야지."

"제가 어리석었습니다."

공손무곡은 마음에 안 든다는 표정으로 고개를 설레설레 저었다.

주철위는 자꾸 시간만 흐르자 강한 어조로 말했다.

"대공, 함께 온 사람들에게 모두 이연연을 찾으라는 명령을 내렸습니다. 산장에서도 좀 더 많은 인원을 내주었으면 합니다."

"내 어찌 그 일을 소홀히 하겠는가? 이미 이곳으로 오면서 명령을 내렸으니 지금쯤 삼당의 무사는 물론, 이십팔수와 칠원성군 휘하의 무사들도 모두 나섰을 거네."

"고맙습니다, 대공."

"고맙기는. 당연히 해야 할 일인데."

공손무곡은 별소리 다 한다는 듯 목에 힘을 주고 대답했다. 하지만 그의 속마음은 겉과 달랐다.

'미안하지만 주호정과 이연연은 맺어지지 않을 거다, 주철위.'

그때였다. 천우원으로 갔던 공손건이 굳은 표정으로 방에 들어왔다.

공손무곡이 그 모습을 보고 이마를 찌푸리며 물었다.

"천우원에 침입자가 있었다고 들었다. 없어진 물건이라도 있느냐?"

공손건이 대답을 망설이며 눈치를 봤다.

심상치 않음을 느낀 공손무곡이 전음으로 다시 물었다.

『왜 그러느냐?』

『난문도해가 없어졌습니다.』

『뭐야?』

『그리고…… 깊숙이 보관하고 있던 무록 두 권 중 아직 해석하지 못한 하편이 없어졌습니다.』

『이, 이런……!』

第二章

습격(襲擊)

　단숨에 오십 리를 달린 사운평은 도영에서 오 리가량 떨어진 곳에
있는 야산 자락에 도착했다.

　야산 아래쪽에는 수령이 족히 천 년은 되었을 법한 거대한 고목이
서 있었고, 그 고목에서 이십여 장 떨어진 곳에 작고 낡은 사당이 있
었다.

　그가 사당으로 다가가자, 사당의 문이 살짝 열리고 조연홍이 고개
를 삐죽 내밀었다.

　사운평은 자신도 모르게 안도의 한숨이 나왔다.

　'후우. 자식, 다행히 아무 일도 없었나 보군.'

　달빛 아래서 조연홍이 책을 내밀었다.

　"이게 맞죠?"

옅은 안개가 끼어 있었지만 달이 워낙 밝다 보니 달빛만으로도 글을 읽는 데 부족함이 없었다.

사운평은 낡은 책의 표지에 적힌 '난문도해'라는 네 글자를 보고 흐뭇한 미소를 지었다.

"맞아. 드디어 찾았군."

그러고는 힐끔 조연홍의 가슴을 쳐다보았다.

몸이 바싹 마른 데다 옷이 달라붙어 있어서 품속에 든 것이 그대로 드러나 보였다. 아무래도 책 같았다.

"근데 그건 또 무슨 책이냐?"

조연홍이 멋쩍은 표정으로 품속에서 책을 꺼냈다.

"아, 이거요? 방을 둘러보니까 비밀 서랍이 있지 뭡니까. 그래서 열어 봤더니 책이 몇 권 있더군요. 무슨 책인가 살펴보고 있는데, 그때 하필 비상이 걸리고 경비 무사들이 방으로 다가와서 들고 있던 책을 그대로 가지고 나왔죠."

"이리 줘 봐."

사운평이 책을 받아서 살펴보았다.

표지를 본 그의 눈빛이 별빛처럼 반짝였다.

아주 오래전에 쓰였던 고 문자로 다섯 글자가 적혀 있었다.

'무종무록, 하(下)?'

공손건은 난문도해를 이용해서 뭔가를 해석하고 있었다. 아무래도 자신의 손에 있는 책이 그중 하나인 듯했다.

'나중에 자세히 살펴봐야겠군.'

여기서 머뭇거릴 시간이 없었다.

공손건이 이 책을 잃어버린 걸 안다면 대대적인 추적에 나설 테니까.

"일단 이곳을 떠나자."

사운평은 책을 자신의 품속에 넣고 일어났다. 두 권 모두.

어찌나 자연스러운지 조연홍은 무종무록 하편을 돌려달라는 말도 하지 못했다.

'하긴 뭐, 이상한 글자여서 나는 읽지도 못하는데……'

귀중한 책이라면 사운평이 돌려줄 리 만무하고, 별 볼 일 없는 책이라면 귀찮은 짐만 될 뿐.

깨끗하게 책을 포기한 그는 편한 표정으로 물었다.

"어디로 가실 겁니까?"

"이제 한 가지 일을 처리했으니 나머지 일도 처리해야지."

"이연연이 사라진 것은 아시죠?"

막 걸음을 옮기려던 사운평이 벼락을 맞은 것처럼 굳어졌다.

느릿하게 고개를 돌린 그가 조연홍을 잡아먹을 듯이 노려보았다.

"왜 그 이야기를 이제 해?"

"언제 이야기할 시간이나 있었습니까?"

그건 그렇다. 책을 확인하기 바빠서 다른 일은 물어볼 정신도 없었다.

사운평은 숨을 몰아쉬며 마음을 가라앉히려고 부단히 노력했다.

"그럼 이제 이야기해 봐. 그게 무슨 말이지? 이연연이 사라지다니?"

"숨어서 기회를 엿보는데 이연연이 사라졌다는 말이 들리지 뭡니까. 그 바람에 공손건이 최측근 호위들과 함께 정밀원으로 가서 난문도해를 쉽게 얻을 수 있었죠. 다른 책도 볼 수 있었고요."

어쩐지 여유 있게 비밀 서랍까지 뒤졌다 했더니······.

하지만 중요한 것은 책이 아니었다.

"이연연 이야기나 해 봐."

"자세한 것은 저도 몰라요. 그냥 사라졌다는 것밖에. 그런데 공손건까지 급히 달려간 걸 보니 사실인 것 같습니다."

도망친 건가? 주호정과 혼인하기 싫어서?

사운평은 온몸에 전율이 일었다.

사실이라면 정말 통쾌한 일이 아닐 수 없었다.

'크크크, 정말 대단하다니까. 어떻게 도망칠 생각을 다했지?'

다른 곳도 아니고 천의산장에서.

그런데 그 생각을 하자 고개가 갸웃거려졌다.

이연연은 무공을 익히지 않았다. 그동안 무공을 배워서 갑자기 고수가 되었을 리도 없고.

그런데 어떻게 천의산장을 빠져나간 걸까?

'혼자서는 어림도 없는 이야기야.'

그렇다면 누가 도와줬단 말인데, 누가 겁도 없이 그녀의 도주를 도와준 걸까?

더 이상한 점은, 외부인이 도울 수 있는 것에는 한계가 있다는 것이다.

'내부의 누군가가 도와주지 않고서는 흔적도 없이 도망칠 수 없어.'

누굴까?

"안 가실 겁니까?"

조연홍이 힐끔거리며 사운평을 재촉했다.

사운평도 그쯤에서 생각을 접고 걸음을 옮겼다. 몸이 조금 전보다 훨씬 가볍게 느껴졌다.

하지만 채 열 걸음을 옮기기도 전, 철추가 매달린 것처럼 다리가 무거워졌다.

도망갔다면 어디로 갔을까?

그런 의문이 들면서 이연연이 걱정되기 시작한 것이다.

한편으로는 '연연이가 좋아한다던 남자가 구해 간 것 아닐까?' 그런 생각이 들면서 갑자기 우울해졌다.

괜히 화도 났고.

'도대체 연연이가 좋아한다는 놈은 어떤 새끼야?'

                    *   *   *

이연연이 사라지면서 잔치도 끝나 버렸다.

천의산장에서는 무사들을 대대적으로 풀어서 이연연 찾기에 나섰다.

그러나 인근 백 리를 철저히 훑었는데도 이연연을 봤다는 사람조차 나타나지 않았다.

완벽한 증발.

공손무곡은 삼 일이 지나도록 아무런 단서도 찾지 못하자 무사들을 불러들이기로 했다.

"개양, 더 이상은 이연연을 찾는 데 전력을 쏟을 수 없다. 그 일은 밀각에 맡기고 나머지는 철수시키도록 해라."

"예, 대공."

"무종무록 하편을 훔쳐 간 놈을 잡는 일은 어떻게 되어 가고 있느냐?"

"당시 사라진 자가 몇 명 있습니다. 설편자 조손과 그의 일행이었던 젊은 놈 둘, 풍죽괴, 그리고 영호명과 함께 들어왔던 삼절수사 낙일생 등 세 명이 약간의 시차를 두고 천의산장을 떠났습니다. 그들 중 누군가는 그 일과 관련이 있을 것입니다."

"도적놈을 잡는 데 필요하다면 누구든 동원해라. 무슨 수를 써서라도 무록만큼은 반드시 찾아내야 한다."

"알겠습니다, 대공. 탐랑군(貪狼君)이 지모가 뛰어나고 추적에 일가견이 있으니 그 일을 지휘하는 데 가장 적합할 것 같습니다."

"그렇게 해."

공손무곡은 우개양이 나간 뒤로도 표정을 풀지 않았다.

무종무록은 단순한 무공비급이 아니다. 그 존재 자체에 천하를 진동시킬 비밀이 숨겨져 있다.

현재 그 사실을 정확히 알고 있는 사람은 천하에 세 명뿐.

자신과 공손건, 그리고 부친인 공손수경.

심지어 우개양조차 자세한 것은 모른다.

문제는, 무종무록을 보게 될 경우 그 속에 도사린 비밀을 알아볼 수 있는 부류가 자신들 외에도 더 존재한다는 점이다.

'만약 그 책이 저들 손에 넘어간다면 우린 많은 대가를 치르게 될 거다. 많은 피를 보는 한이 있어도 반드시 찾아야만 해!'

*　　　*　　　*

석양이 질 즈음, 두 사람이 숭산 동쪽 만수산 계곡 안에 들어섰다.

그들은 계곡 깊은 곳에 있는 통나무집 앞에서 걸음을 멈췄다.

일노일소, 영호명과 이연연이었다.

영호명은 그의 뜻에 동조하는 네 사람과 함께 이연연을 완벽하게 빼돌렸다.

물론 공손무곡의 방관이 있었기에 가능한 일이었다.

"여기가 이 늙은이의 거처니라. 불편하더라도 당분간 이곳에서 지내도록 해라. 산을 내려가지만 않으면 저들도 너를 찾아내지 못할 거다."

"예, 할아버지. 불편한 것은 걱정하지 마세요. 전에는 이보다 훨씬 못한 곳에서도 한 겨울을 지냈는데요, 뭐."

"호, 그래?"

그때는 사운평이 곁에 있었다. 그리고 이제는 영호명과 또 다른 사람이 있었다.

"오셨어요, 숙부님!"

우렁우렁한 목소리와 함께 텁수룩한 수염을 기른 장한이 통나무집에서 나왔다.

그를 본 이연연의 눈이 화등잔만 하게 커졌다.

숭산 깊은 곳 어딘가에 산다는 왕곰도 그 사람보다는 크지 않을 듯했다.

아니 곰도 그를 보면 도망칠 것 같았다.

"어? 이 여자아이는 누구예요?"

그래도 목소리는 무척 순진(?)하게 느껴졌다.

영호명이 묘한 미소를 지으며 말했다.

"연아야, 인사해라. 이 늙은이의 조카인 호우라는 놈이다. 겉보기는 곰인데, 속은 양보다 순한 놈이다."

"저는 이연연이라고 해요, 호우 아저씨."

"아저씨? 헤헤헤, 예쁜 아이가 아저씨라고 부르니까 이상하네."

텁석부리 장한이 머리를 긁적이며 쑥스럽게 웃었다.

이연연은 그런 장한이 편하게 느껴져서 마음이 놓였다.

"당분간 함께 지낼 거다. 앞으로는 네가 연아를 잘 지켜줘야 한다."

"예, 숙부. 헤헤헤, 제가 있으면 저 앞산의 대왕 호랑이도 예쁜 연아를 해치지 못할 거예요."

"들어가자. 뭐 먹을 것이 있는지 모르겠구나."

"제가 아침에 멧돼지를 한 마리 잡았어요. 구워드릴까요?"

"그래. 그런데 벽초는 어디 갔느냐?"

"땡초 아저씨는 만수사에 가셨어요. 곧 어두워지니까 돌아오실 때가 됐는데…… 아! 저기 오시네요. 땡초 아저씨! 숙부님 오셨어요!"

이연연은 뒤를 돌아다보았다.

저 아래쪽에서 승복을 입은 노승이 올라오고 있었다.

파란 눈을 가진 벽초라는 승려는 영호명보다 나이를 더 먹은 듯 보였다.

그런데 생김새가 중원인이 아닌 듯 피부가 조금 더 검고 눈빛도 푸른빛이 돌았다. 아니나 다를까 영호명이 말했다.

"이 땡초는 이십 년 전에 천축에서 중원으로 건너 왔단다. 자기 말로는 천축에서 제일 큰 사원인 마하사원에서 왔다는구나. 그래봐야 하는 짓은 땡초지만."

"흥! 부처님 제자를 놀리면 지옥 가."

벽초가 코웃음 치며 말했다. 천축승이라서 그런지 발음이 묘했다.

영호명이 피식 웃고는 벽초의 옆구리를 쳐다보았다.

"지옥이야 진즉부터 예약해 놓았으니 무서울 것 없네. 그런데 그건 또 뭔가?"

"뭐긴? 경전이지. 만수사 장격각의 경전을 정리한다고 해서 갔는데, 마침 구석에 썩은 경전이 있더군. 그런데 살펴보니 범어로 된 거지 뭐야? 그래서 내가 가져왔지. 알아보지도 못하는 놈들이 갖고 있어봐야 버리기밖에 더해?"

벽초는 툭 쏘듯이 말하고는 이연연을 바라보았다.

"저 아이는 뭐지?"

"당분간 함께 지낼 아이네."

이연연이 상냥하게 인사를 올렸다.

"이연연이 노스님을 뵈어요."

이연연을 빤히 바라보던 벽초가 파란 눈을 반짝였다.

"흠, 어디서 굉장한 아이를 데려왔군. 심심하진 않겠어."

"연아야, 머무는 동안 심심하면 이 땡초에게 범어나 배워 봐라. 형편없는 땡초긴 해도 범어 하나는 중원의 누구보다 뛰어나단다."

어려운 범어를 배우다 보면 마음의 심란함을 달랠 수도 있지 않을까?

이연연은 그렇게 생각하며 순순히 받아들였다.

"예, 할아버지. 가르쳐 주신다면 열심히 배워 볼게요."

*　　　*　　　*

사운평은 얼굴 모습과 복장을 또 다르게 바꾸고서 여주에 머물며 상황을 지켜보았다.

주철위와 주호정이 검천성으로 돌아가려면 여주를 거쳐야 했다.

그것이 바로 그가 여주에 머무는 이유였다.

"더럽게 어렵군."

사운평이 구시렁거렸다.

그는 객잔 방구석에 처박힌 채 난문도해를 이용해서 무종무록 하편을 해석하는 중이었다.

처음에는 시간을 때울 겸해서 심심풀이로 해석했는데, 시간이 갈수록 재미가 붙었다.

문제는 해석이 무척 어렵다는 점이었다. 난문도해가 있는데도 어려운 것은 마찬가지였다.

오죽하면 무종무록을 해석했다는 공손건에게 존경스런 마음이 들 정도였다.

'그 자식은 골치도 안 아팠나? 이걸 어떻게 해석했지?'

하지만 공손건은 지금 사운평이 해석하는 걸 봤다면 거꾸로 놀랐을 것이다. 해석하는 속도가 그보다 더 빨랐으니까.

여주에 온 지 나흘째 되던 그날도 그는 책에 코를 처박고 해석에 열중했다.

천의산장의 움직임을 살피는 일은 조연홍이 담당했다.

말로는 임무 분담이라고 했는데, 실제 일은 조연홍이 거의 다 했다.

그래도 조연홍은 불만을 품지 않았다. 사운평이 무종무록의 내용 중 무공이 있으면 그에게도 가르쳐 주기로 했기 때문이다.

좌우간 천의산장의 동향을 살피던 조연홍이 급하게 돌아온 것은 그날 오후였다.

"대형, 검천성 사람들이 무양으로 돌아가기 위해서 천의산장을 나왔다고 합니다."

무종무록을 뚫어지게 쳐다보고 있던 사운평이 고개를 들었다.

검천성 사람들이 무양으로 돌아간다는 것은 이연연 수색을 포기했다는 말이다.

물론 완전히 포기한 것은 아니겠지만.

'아마 추적에 대한 전문가들만 보내서 찾으려고 하겠지.'

그래도 어쨌든 이연연에게는 대대적인 수색보다 나아진 상황. 마음이 전보다 훨씬 가벼워졌다.

"주호정은?"

"그자도 동행하고 있습니다."

"잘됐군."

*　　*　　*

천의산장을 출발한 검천성 사람들은 곧장 동쪽으로 향했다.

그들은 며칠간의 노력으로도 이연연을 찾지 못한 터라 분위기가 무겁게 가라앉은 상태였다.

주호정이야 말할 것도 없었고, 공손수경의 말을 들은 후 겨우 마음을 돌렸던 주철위 부부도 착잡한 표정이었다.

미시(未時) 무렵, 여주에서 점심을 해결한 그들은 남동쪽으로 꺾어져서 겹현으로 향했다.

이때만 해도 피비린내를 풍기는 바람이 남쪽에서 은밀하게 올라오고 있음을 아무도 감지하지 못했다.

그리고 그 혈풍이 결국 태풍으로 변해서 천하를 질척한 핏물 속에 잠기게 할 줄은 더더욱 몰랐다.

'호위가 너무 많군.'

사운평은 객잔 이 층에 서서 여주를 빠져나가는 검천성 사람들을 주시했다.

주철위와 그의 부인 공손가향, 주호정이 탄 마차를 검천성 최강의 호위대인 호천검위(護天劍衛) 이십 명이 호위했다.

또한 절정 고수들인 장로와 호법 여덟 명이 말을 타고 마차의 뒤를 따라가고 있었다.

천하제일 고수라 해도 단신으로는 그들을 물리치고 주호정을 죽일 수 없을 듯했다.

하지만 사운평은 낙담하지 않았다.

주호정이 언제까지 마차 안에서 호위대에 감싸여 있지만은 않을 것이다.

기다리다 보면 한 번쯤은 기회가 오겠지.

'큰 걸 쌀 때는 멀리 떨어질 거야.'

쌀 때를 노리는 건 마음에 들진 않지만, 정 좋은 기회가 안 나면 어쩔 수 없었다.

"대형, 정말 주호정을 죽일 생각이십니까?"

"그래."

"고수들에게 둘러싸여 있는데 가능하겠습니까?"

"온몸을 철갑으로 둘러싸도 죽을 놈은 죽는 법이야. 하다못해 벼락을 맞고 죽더라도."

그리고 싸다가 죽는 놈도 있다.

"가자."

객잔을 나선 사운평과 조연홍은 멀찌감치 거리를 두고 검천성 사람들을 따라갔다.

사운평의 옆구리에는 여주의 대장간에서 산 유엽도가 매달려 있었다.

고경탁에게 뺏은 칼보다는 못하지만 한 사람의 목을 자르기에는 충분했다.

'이번에는 안 떨어야 하는데……'

어스름이 밀려들 무렵, 마차가 강가의 마을로 들어갔다.

겹현까지 남은 거리는 칠십여 리. 마차를 몰고 밤길을 억지로 가느니 마을에서 쉬기로 한 듯했다.

사운평은 마을 어귀에서 백여 장 떨어진 강가의 갈대밭 속에서 완전히 어두워질 때까지 기다리기로 했다.

검천성 무리에 대한 감시는 조연홍에게 맡겼다. 강호제일의 도둑에게 정말 잘 어울리는 임무였다.

마른 갈대를 한 아름 잘라서 바닥에 깐 그는 벌렁 드러누웠다.

팔베개를 하고 누워서 하늘을 보고 있으니 그 기분도 그럭저럭 괜찮았다.

주호정과 혼인하기 싫어서 도망친 이연연이 떠올라서 싱숭생숭했지만, 대책도 없이 도망치진 않았을 거라 생각하고 잊으려 노력했다.

'행복하게 잘 살아라, 연연아.'

하늘은 수많은 별들로 가득 들어차 있었다.

도대체 저 별들은 어떻게 생겼을까? 보석처럼 빛나는 이유는 뭘까?

저렇게 까마득하게 떠 있어서 작게 보일 뿐, 실제로는 크기가 동산만 하지 않을까?

'아냐, 어쩌면 더 클지도 몰라. 큰 것은 숭산보다도 더 클 거야.'

숭산만 한 보석.

생각만 해도 어마어마했다.

하나만 있어도 천하제일 갑부가 될 수 있을 텐데…….

그때 별 하나가 보였다. 청백색으로 반짝이는 별이.

'연연이 별이네?'

그런데 바로 옆에서 제법 밝은 빛을 내는 별이 찝쩍거리는 것처럼 느껴졌다.

'저거, 혹시 그 자식 아니야?'

연연이가 좋아한다는 놈!

찾아내서 패버려? 그런데 연연이가 화를 내면 어쩌지?

엉뚱한 생각에 속이 부글부글 끓는데 갑자기 이상한 느낌이 들었다.

사운평은 일어나 앉아서 눈살을 찌푸렸다.

그 느낌의 정체는 살기였다. 그것도 아주 지독한 살기!

'뭐야? 어디서 이런 살기가……?'

때마침 상황을 살펴보러 갔던 조연홍이 갈대밭으로 돌아왔다.

"대형, 상황이 심상치 않습니다."

"무슨 일인데?"

"수상한 자들이 마을 남쪽에서 접근하고 있습니다."

"수상한 자들?"

"예, 아무래도 검천성주 일행을 노리는 것 같습니다."

'그 자식들이 흘린 살기였군.'

어떤 놈들인데 겁도 없이 검천성주를 노리는 걸까?

제법 강한 살기를 흘리는 자들이지만 상대는 검천성의 성주와 장로, 호법, 호천검위까지 모두가 고수들이 아닌가.

"미친놈들. 죽으려면 무슨 짓을 못 해?"

"그게 저…… 만만치 않은 숫잡니다."

"몇 명이나 되는데?"

"대략 봐도 이백 명은 될 것 같습니다. 게다가 고수들도 상당히 많은 것처럼 보였습니다."

"뭐?"

이백 명. 그것도 고수들이 상당수 포함된 인원이라니.

조연홍의 말대로 심상치 않았다.

"가 보자."

사운평과 조연홍이 갈대밭에서 나올 즈음, 일단의 무리가 마을로 스며들었다.

그들은 곧장 마을의 유일한 객잔인 소상객잔을 향해 달려갔다.

스스스스스.

옷자락이 밤공기에 스치는 스산한 소리만 들릴 뿐, 일체의 잡음도 없었다.

마치 검은 해일이 바다 위의 외딴섬을 향해 밀려가는 듯했다.

그리고 곧 소상객잔에서 고함 소리가 터져 나왔다.

"웬 놈들이냐!"

"적이다! 놈들을 막아라!"

습격한 자들은 철저히 조직적으로 공격을 감행했다.

그들은 상대의 전력을 완벽히 꿰뚫고 있었다.

검천성의 성주와 장로, 호법, 호천검위 등 그야말로 검천성에서 내로라하는 고수들이 삼십 명 가까이 되었다.

어설픈 공격으로는 그들을 이길 수 없다는 걸 잘 알고 있었다.

그때쯤에는 검천성 쪽에서도 적의 정체를 눈치챘다.

"이제 보니 철마문 놈들이구나!"

"네놈들이 감히 성주님을 노리다니! 죽고 싶어 환장했구나!"

'철마문 놈들이라고?'

습격자의 정체를 안 사운평은 돌아가는 상황이 생각했던 것보다 더 심각하다는 사실을 깨달았다.

철마문(鐵魔門).

남양에서 서북쪽으로 이백 리 떨어진 옥천산에 있는 마도의 대문파다.

검천성과 하남 중부를 놓고 세력다툼을 벌이는 자들.

그동안 검천성과 철마문은 서로를 견제하면서도 충돌을 자제했다. 전쟁을 벌여 봐야 죽 쒀서 개 주는 꼴이 될지 모른다는 걸 잘 알기 때문이다.

더구나 철마문은 천의산장이 께름칙해서 충돌이 생겨도 약간의 손해를 감수하며 물러서곤 했다.

덕분에 지난 십여 년 동안 국지적인 싸움만 가끔 벌어졌을 뿐 대체로 평온한 상태가 유지되었다.

그런데 오늘, 갑자기 눈이 뒤집혔는지 검천성주 주철위를 노리고 있는 것이다.

물론 자신에게는 검천성이 박살나든, 철마문이 망하든 아무런 상관이 없었다.

다만 싸움 와중에 주호정이 죽거나, 아니면 도망쳐서 자신의 눈을 벗어날까 봐 신경이 쓰일 뿐.

'저 자식들이 뭘 잘못 먹었나? 왜 갑자기 여기까지 달려와서 미친 지랄을 하는 거지?'

그가 짜증스런 표정으로 바라보는 사이, 노성과 함께 병장기 부딪치는 소리, 비명이 밤공기를 찢어발겼다.

따다다당! 차창!

"으아악!"

"그쪽을 막아라!"

"이놈들이……! 크억!"

호천검위가 최고의 정예 무사들이라 하나 철마문의 무사들도 약하지 않았다.

철마문 최강의 전위세력인 혈혼단(血魂團)과 귀마단(鬼魔團) 일백팔십 무사가 총 출동했고, 철마문이 자랑하는 절정 고수인 광혈팔마(狂血八魔)와 십이귀살(十二鬼殺) 중 열 명이 나온 터였다.

그들은 도망칠 여유를 주지 않고 거세게 몰아붙였다.

"오늘 반드시 주철위의 목을 따야 한다! 멈추지 말고 공격해!"

"크하하하! 이놈들! 그동안 당한 것을 오늘 모두 갚아 주마!"

싸움이 시작된 지 얼마 되지 않아서 호천검위들이 하나, 둘 피를 뿌리며 쓰러졌다.

검천성의 장로와 호법들은 호천검위를 도와서 적을 막았다.

그러나 해일처럼 밀려드는 적의 위세를 막기에는 역부족이었다.

그때였다.

객잔의 방문이 활짝 열리더니 한 사람이 걸어 나왔다.

당당한 체구의 중년인, 주철위였다.

"마도의 잡놈들아! 나 주철위를 죽이고자 왔느냐!"

"오냐, 주철위! 오늘 너는 절대 살아서 이곳을 떠나지 못할 것이니라!"

철마문 쪽에서도 한 사람이 앞으로 나섰다.

검은 장포를 걸치고 머리에는 도관처럼 생긴 모자를 쓴 중년인이었다.

"흥! 누가 감히 내 목을 원하는가 했더니 쥐새끼 같은 사평수란 놈이었구나! 나를 죽이라면서 너 따위를 보낸 걸 보니 철마문도 다 됐군!"

현음귀도(玄陰鬼道) 사평수. 그는 철마문주인 혈마종(血魔宗) 남화의 의제이자 광혈팔마의 첫째다.

강호의 정파인들이 이름만 듣고도 진저리를 치는 악인.

주철위는 냉랭히 소리치면서도 불안감을 지울 수 없었다.

'사평수까지 오다니. 이놈들이 아예 작정을 했구나.'

얼마 전, 철마문의 움직임이 심상치 않다는 보고를 받긴 했다. 그러나 십여 년 동안 심심치 않게 있어 왔던 일반적인 도발이라 생각하고 크게 신경 쓰지 않았다.

잠깐 발악하다 말겠지. 그 정도 수하들이 알아서 처리하겠지.

그는 그 일보다 눈앞에 닥친 장인의 칠순 잔치와 아들의 혼인 문제에 더 신경이 쓰였다. 검천성의 장래가 걸린 일이었으니까.

실수였다. 너무 큰 실수.

자신이 강호라는 칼날 위에 서 있다는 것을 잊다니.

아차, 하는 사이 목이 잘릴 수도 있거늘!

'내가 검을 놔두고 십여 년의 평화에 너무 안주했구나!'

주철위는 이를 악물고 검을 움켜쥐었다.

그때 사평수가 광소를 터트리며 명령을 내렸다.

"크하하하! 주철위, 목이 떨어져 나간 후로도 큰소리칠 수 있는지 한번 보자! 계속 공격해라! 인정사정 볼 것 없다! 마누라와 자식 놈도 모조리 목을 잘라 버려라!"

철마문의 무사들이 더욱 거센 파도를 일으키며 검천성 고수들을 몰아붙였다.

검천성의 장로와 호법들 무위는 같은 절정 고수라 해도 광혈팔마나 십이귀살보다 더 강했다.

위사장 갈웅태가 이끄는 호천검위도 혈혼단이나 귀마단 무사들보다 한 수 위의 고수들이었다.

그러나 전체적인 숫자에서 차이가 너무 많이 났다.

시간이 지날수록 부상자가 속출하고, 피를 뿌리며 쓰러지는 자들이 하나둘 발생했다.

"성주, 일단 주모와 공자를 데리고 이곳을 빠져 나가십시오!"

장로 남사강이 주철위를 향해 소리쳤다.

주철위의 눈빛이 거세게 흔들렸다.

자신도 그러고 싶었다. 그러나 적 앞에 수하들만 놔두고 도망칠 순 없었다.

"남 장로, 그대에게 두 사람을 부탁하겠소! 내가 저들을 막을 테니 두 모자를 데리고 이곳을 빠져나가시오!"

"성주!"

"어서 가시오! 더 늦으면 가고 싶어도 갈 수 없소이다!"

선풍검객(旋風劍客) 남사강은 주철위와 십수 년 동안 동고동락한 사이였다. 검천성을 지금의 위치에 올려놓는 데 가장 큰 공을 세운 사람을 꼽으라면 세 손가락에 꼽히는 절정 고수.

그라면 자신이 잘못 되어도 부인과 아들을 돌봐 줄 수 있으리라.

"호정아! 내가 뒤를 맡을 테니 어머니와 함께 남 장로를 따라가도록 해라!"

"아버님!"

"어서 가라니까!"

남사강이 어찌 주철위의 마음을 모르랴. 그는 참담한 마음을 억누르고 주위를 향해 소리쳤다.

"주모와 공자를 모시고 이곳을 떠날 것이오! 장 형과 고 형이 앞을 뚫어 주시오! 갑시다, 공자!"

주호정이 망설이자 공손가향이 다그쳤다.

"어서 가자. 너와 내가 가야 네 아버지도 홀가분하게 적을 맞이할 수 있을 게다."

그녀는 천의산장의 여식이었다. 비록 절정 수준에는 못 미치지만 일류 고수는 되었다.

검을 빼 든 그녀는 자신이 먼저 앞장섰다. 그제야 주호정이 발걸음을 떼었다.

"어머니는 제 뒤에 서십시오."

철마문 쪽에서도 보고만 있지 않았다.

"어딜 가려고!"

"아무도 빠져나가지 못하게 막아라!"

탈출하려는 자와 막는 자, 모두가 결사적이었다.

소상객잔 주위는 이미 핏물이 질펀했다. 사지가 잘리고 머리가 터진 시신들이 즐비했고, 피를 뿜어내며 고통에 몸부림치는 부상자도 수십 명이나 되었다.

멀리 지붕 위에서 혈전을 구경하던 사운평은 주호정이 움직이는 걸 보고 몸을 일으켰다.

"자식은 개새끼인데 부모는 호랑이군."

조연홍이 힐끔 사운평을 보고 불안한 표정으로 말했다.

"설마 저기에 뛰어들려는 건 아니죠?"

"걱정 마. 나 아직 미치지 않았으니까."

사운평은 나직이 말하고는 훌쩍 몸을 날렸다.

조연홍은 마지못한 표정으로 그 뒤를 따라갔다.

'지미, 나는 여차하면 튈 거요. 아직 죽기에는 앞날이 창창한 청춘이란 말입니다.'

* * *

검천성 사람들은 호천검위 열한 명과 장로 둘, 호법 하나를 희생하고 겨우 포위망을 뚫었다.

주철위가 동분서주하며 패도적인 검세로 적의 전의를 꺾지 않았다면 그마저도 불가능했을지 몰랐다.

패천검웅이라는 별호는 길거리에서 주운 것이 아니었다.

그의 검에서 폭풍처럼 일어난 검기가 어둠을 찢어발길 때마다 철마문 무사들의 몸에서 피가 솟구쳤다.

그러나 포위망을 뚫고 나온 사람들도 성한 자가 없었다.

장로인 남사강과 장익은 물론이고, 고원상과 구흥, 진무승 등 호법 세 명도 온몸이 피로 물들어 있었다.

살아남은 호천검위 아홉 중 넷은 겨우 걸음만 옮길 뿐이고, 갈응태와 양천을 비롯한 나머지 다섯도 언제 쓰러질지 모를 정도로 상처가 심했다.

심지어 주철위조차 극심한 내공 소모에 자잘한 상처까지 입어서 검세가 급격히 약화된 상태였다.

그나마 주호정과 공손가향은 부상이 덜했지만 낯빛이 종잇장처럼 창백했다.

그래도 살아난 것이 어딘가.

그들은 철마문의 추적을 뿌리치기 위해서 혼신의 힘을 다해 달렸다.

사평수는 추적을 포기하지 않고 집요하게 뒤를 쫓았다.

'주철위가 이렇게 강할 줄은 미처 몰랐군.'

자신과 큰 차이가 없을 거라 생각했다. 그러나 막상 부딪쳐본 주철위는 확실히 자신보다 한 수 위였다.

그래서 반드시 죽여야만 했다.

만약 그가 살아서 돌아간다면 잔혹한 피의 보복이 뒤따를 것이 뻔하니까.

"절대 놓치면 안 된다! 죽음을 두려워하지 말고 쫓아라! 주철위를 죽이는 자에게는 큰 상이 내려질 것이다!"

사원평과 조연홍은 오십여 장의 거리를 두고 철마문의 꼬리를 쫓았다.

주철위 일행이 보이지 않았지만 조금도 걱정하지 않았다. 철마문 놈들이 충실하게 길을 안내하고 있지 않은가. 방향을 틀어도 알아서 찾아 주고.

"대형, 끝장을 볼 생각인가 본데요?"

"철마문으로서는 그럴 수밖에 없겠지. 다 잡았다 생각했던 범이 산으로 풀려났으니 똥줄이 탈 거다."

사운평은 마치 자신이 병법가라도 된 것처럼 근엄한 표정으로 말했다.

그런데 그 모습이 나름대로 무게가 있어서 조연홍은 별다른 반론을 제기하지 못했다.

'저렇게 말할 때는 제법 그럴듯하다니까.'

"쫓아가자. 아무리 용감한 범도 새끼들이 있으면 어쩔 수 없이 무리한 결정을 내려야 할 때가 있다. 그때가 우리에게는 기회가 될 거다.”

사원평은 고저 없이 나직하게 말하면서 걸음을 옮겼다.

'도도 누나, 조금만 기다려.'

*　　　*　　　*

오 리를 도주하는 동안 호천검위 다섯이 더 쓰러졌다.

호법인 적사풍도(赤沙風刀) 구홍도 피를 너무 많이 쏟았는지 더 이상 버티지 못하고 걸음을 멈췄다.

“성주, 저를 놔두고 가시구려. 조금이라도 힘을 아껴서 한 놈이라도 더 저승으로 데려가야겠소이다.”

안타깝지만 다른 사람들이 그를 위해 해 줄 수 있는 일은 아무것도 없었다. 마음 같아서는 업고서라도 함께 가고 싶었지만 자신의 몸조차 돌보기 벅찬 상태였다.

“내가 구 형과 함께 적을 막겠소.”

번천장(飜天掌) 장익이 결연한 어조로 말하고 구홍의 옆에 섰다.

구홍과 그는 절친한 친구 사이였다. 친구를 적 앞에 놔두고 가자니 발길이 떨어지지 않았다.

“나도 남겠소. 어차피 다리를 다쳐서 빨리 갈 수도 없으니 이곳에서 놈들과 함께 죽겠소.”

호법인 고원상이 피로 물든 검을 들고 두 사람과 나란히 섰다. 그의 오른쪽 다리는 이미 흘러내린 피로 범벅되어 있었다.

“함께 있어 주지 못해서 미안하네.”

남사강이 착잡한 표정으로 그들을 바라보고는 주철위를 향해 고개를 돌렸다.

"성주, 그만 가시지요."

그때였다.

주철위가 비장한 표정으로 고개를 들어 하늘을 쳐다보고는, 작심한 듯 공손가향을 향해 말했다.

"부인은 호정이와 함께 남 장로와 진 호법을 따라가시오. 나와 호천검위가 함께 남아서 저들을 막겠소."

남사강이 눈을 홉뜨고 주철위의 마음을 돌리려 했다.

"성주, 그러지 마시고 함께 가시지요."

"이건 명령이오. 즉시 떠나도록 하시오!"

"상공."

공손가향이 떨리는 눈으로 주철위를 바라보았다.

주철위는 굳은 표정으로 그녀와 주호정을 천천히 둘러보았다.

"당신도 알 거요. 저들을 막을 수 있는 사람은 나밖에 없다는 걸. 하지만 너무 걱정 마시오. 나는 살기 위해서 최선을 다할 것이오. 호정아, 네 어머니를 부탁한다."

"아버님……."

"남 장로, 출발하시오!"

주철위는 단호한 표정으로 말하고 돌아섰다.

남사강은 주철위의 마음을 돌릴 수 없다는 걸 알기에 시간을 더 지체하지 않았다.

"그럼 성에서 뵙겠습니다."

"성주, 보중하시고 꼭 돌아오도록 하십시오!"

결국 남사강과 진무승은 발길이 떨어지지 않는 공손가향과 주호정을 끌다시피 해서 그 자리를 떠났다.

부인과 자식을 먼저 보낸 주철위는 하늘을 올려다보며 이를 악물었다.

'하늘의 보살핌으로 목숨을 구한다면, 오늘의 일을 절대 잊지 않으리라!'

잠깐 사이 철마문 무사들이 어둠을 밀치며 몰려들었다.

주철위를 발견한 사평수가 상황을 깨닫고 득의의 광소를 터트렸다.

"크하하하! 주철위, 이제야 네놈의 머리를 가져갈 수 있겠구나!"

마침내 목표물이 도주를 포기했다.

부인과 자식을 살리기 위해서.

철마문도 바로 그 점을 노리고 모험을 강행한 터였다.

이때가 아니면 언제 주철위가 부인과 자식을 대동하고 움직이겠는가.

"주철위의 목을 따라!"

득의에 찬 사평수가 명령을 내리자, 철마문의 고수들은 거리낌 없이 연수합공을 하며 주철위를 공격했다.

그때 철마문 무사 중 이십여 명이 좌우로 우회해서 도주하는 사람들을 쫓았다.

주철위 등은 마음이 조급했지만 그들로서는 적의 추적을 막는 데한계가 있었다.

그나마 고수들을 대부분 붙잡아 놓았으니, 남사강과 진무승이 공손가향 모자를 데리고 무사히 도주하길 바라는 수밖에.

사운평과 조연홍은 우회하는 철마문의 무사들을 따라 움직였다.

우회하는 인원은 이십여 명. 고수들은 대부분 주철위를 상대하기 위해 남았다. 위협이 될 만하게 보이는 자는 두어 명뿐. 그 정도라면 모험을 해 볼 만했다.

"연홍, 저들을 앞질러 가자."

나직이 말한 사운평이 속도를 냈다.

조연홍은 서두르는 것처럼 보이는 사운평이 불안했다. 하지만 사운평이 이미 앞서서 달리기 시작한 이상 뒤따르는 수밖에 없었다.

'제길, 대형 하나 잘못 만나서 제 명에 죽긴 틀렸네.'

사운평과 조연홍은 완만하게 원을 그리며 달렸다. 속도가 워낙 차이 나다 보니 얼마 가지 않아서 철마문 무사들을 앞질렀다.

'저기 있군.'

사운평의 눈빛이 시린 달빛만큼이나 차갑게 번뜩였다.

거리는 삼십여 장. 그러나 황무지나 다름없는 야산이 밝은 달빛 아래에 속살을 모두 드러내서 도주하는 자들의 움직임이 확연하게 보였다.

모두 넷. 생각보다 적은 숫자다. 그중 공손가향과 주호정을 제외하면 호위 무사는 둘뿐.

'아무래도 공손가향 때문에 속도를 더 내지 못하는 것 같군.'

하지만 사운평은 방심하지 않았다.

주철위가 부인과 아들을 맡긴 자들이다. 아마 장로 수준의 절정 고수일 게 분명했다.

게다가 주호정 역시 강호의 청년 중에서 알아주는 고수가 아닌가.

"연홍, 너는 쫓아오는 놈들을 방해해서 속도를 늦춰라."

"예? 제가요?"

조연홍이 화들짝 놀라서 눈을 하늘의 둥근 달만큼이나 크게 떴다.

상대는 철마문이다. 그것도 최정예 무사단의 고수들. 게다가 그들 중에는 절정 고수도 섞여 있었다.

그들과 싸우라는 것은 자신보고 죽으라는 소리나 마찬가지다.

'난 못 해! 하려면 대형이 하쇼!'

이번만큼은 조연홍도 참을 수 없었다.

그런데 그가 강력하게 거부하기 직전, 사운평이 달리면서 넌지시 말했다.

"잠깐만 늦추면 돼. 왜 도둑놈들이 잘 써먹는 방법 있잖아? 성동격서 같은 것 말이야."

"그, 그래도 이십 명이 넘는데……."

"안 되겠으면 가까이 접근해서 약이라도 뿌려."

"약이라니요?"

"도둑이 집주인 재울 때 쓰는 미혼약 같은 게 있을 것 아냐?"

미혼약은 아니지만 비슷한 것이 있긴 했다.

"이렇게 넓은 곳에서는 별 효과가 없을 겁니다."

"효과는 상관없어. 그냥 이상한 냄새만 나도 저놈들은 머뭇거릴 거다. 원래 사악한 놈들일수록 제 발이 저린 법이거든."

"그 정도로 될까요?"

"잠깐이면 돼. 내가 말 몇 마디 걸 시간이면 되니까. 모자라면 이것도 써."

사운평이 품속에서 동으로 된 작은 병을 꺼내 내밀었다.

"뭡니까?"

"역용 지을 때 쓰는 약이야. 냄새가 꽤 독하지. 구하기 힘든 거니까 적당히 사용해."

구하기 힘들 뿐만 아니라 무척 비싸다.

하지만 도도 누나의 복수를 위해서 아낌없이 내주었다.

"그럼 나 먼저 간다. 수고해."

사운평은 뒤처리를 조연홍에게 맡기고 속도를 더 냈다. 조연홍과의 거리가 점점 벌어지더니 금방 십여 장이나 벌어졌다.

조연홍은 그 모습을 보고 입을 반쯤 벌렸다.

경공이라면 나름대로 자신 있는 그였다. 전력을 다하면 사운평에게도 뒤지지 않을 거라 생각했다.

오산이었다.

'뭐, 뭐가 저렇게 빨라? 대체 어디까지가 대형의 진짜 실력이야?'

第三章

네가 죽어라

    조연홍은 철마문 무사들의 앞을 갈지자(之)로 달리며 양손에 병을 들고 흔들어 댔다.

    무영귀도가 생전에 자랑하던 귀영신법을 펼친 덕에 그의 모습은 한 줄기 바람으로 느껴질 뿐이었다.

    그 직후, 살기를 풀풀 날리며 달리던 철마문 무사들이 콧속을 파고 드는 향기에 인상을 찌푸렸다.

    "응? 무슨 냄새지?"

    "독이다!"

    의아한 목소리에 이어 짧은 경고성이 선두에서 터져 나왔다.

    "지독한 냄새군."

    "호흡을 멈춰라!"

    빠르게 달리던 철마문 무사들이 우왕좌왕하며 속도를 늦췄다.

싸우다 죽는 것은 무사로서 억울할 게 없었다. 그러나 독에 중독되어 죽는 것은 어떤 무사도 바라는 바가 아니었다.

악독한 철마문의 무사들이라 해도.

"한 가지 독이 아니다. 골이 띵한 걸 보니 또 다른 독이 살포된 것 같다. 모두 조심해라!"

무리를 이끄는 경산마도(京山魔刀) 중각이 소리쳤다.

광혈팔마 중 일곱째인 그는 막강한 내공의 힘으로 독(?)의 침입을 차단하고 조심스럽게 앞으로 나아갔다.

공손가향 모자와 남사강, 진무승은 희망을 안고 전력을 다해 달렸다.

황무지를 오십여 장만 더 달리면 숲이 시작된다.

그다지 넓은 숲은 아니다. 기껏해야 백여 장 정도. 숲이 끝나면 다시 황무지여서 숨기도 애매한 크기다.

하지만 지금처럼 적나라하게 드러난 것보다는 숲 속이 훨씬 나았다.

잘하면 방향을 틀어서 적의 눈을 속일 수 있을지도 모르고.

그들이 숲 속으로 진입할 때까지 철마문 무사들은 거리를 좁히지 못하고 있었다. 아니, 거리를 좁히기는커녕 더 벌어진 상태였다.

그들은 안도하면서도 의아한 마음을 떨칠 수 없었다.

철마문 무사들이 걸음을 늦춘 것은 자신들의 행적을 놓쳐서 그런 것이 아니었다.

무슨 이유인지 몰라도, 소란스런 소리가 나더니 추적해 오던 속도가 확 줄어들었다.

숲 속으로 뛰어든 그들은 최대한 소리를 자제하며 전진했다.

"저를 따라오십시오."

남사강이 앞장서서 길을 인도했다.

그가 아무리 절정 고수라지만 어둠 속에서 뻗은 나뭇가지를 모두 볼 수는 없었다. 갑자기 몸을 때리거나 얼굴을 찌르고 들어오는 나뭇가지는 도검만큼이나 위협적이었다.

그는 검을 선풍처럼 휘둘러서 나뭇가지를 쳐 내며 빠르게 나아갔다.

하늘이 도왔는지 곧 사람이 다닌 것처럼 보이는 소로가 나왔다.

남사강 일행은 보다 빠른 걸음으로 숲을 관통했다.

그렇게 오십여 장을 이동해서 숲 중앙에 도착한 그들은 잠시 숨을 고르며 생각을 정리했다.

아직 철마문의 추적자들이 숲 속으로 진입한 기척은 느껴지지 않았다.

이대로 직진해서 빠져나가는 게 나을까, 아니면 방향을 틀어서 저들의 추적을 완전히 따돌리는 게 나을까?

그들은 갈등의 기로에 서서 망설였다.

"남 장로, 여기서 방향을 틀어 산으로 올라가면 추적을 따돌리기가 더 쉽지 않겠소?"

진무승의 말에 남사강이 미간을 좁히고 천천히 고개를 저었다.

"물론 그렇긴 합니다만, 놈들을 따돌리지 못하면 더 위험해집니다. 차라리 놈들이 숲 속에서 우리가 간 방향을 찾고 있을 때 최대한 거리를 벌리는 것이 나을 수도 있습니다. 놈들도 거리가 벌어지면 계속 쫓아오지는 못할 테니까요."

"그 말도 일리가 있구려."

"저 역시 그게 나을 것 같아요."

공손가향도 남사강의 주장에 찬성했다.

그때였다. 주호정의 귓속으로 전음이 파고들었다.

『표 내지 말고 내 말 잘 들어라, 주호정.』

주호정이 움찔하며 고개를 들었다.

『지금 철마문 놈들이 주춤거리는 것은 내가 손을 썼기 때문이다. 어머니를 구하고 싶다면 내가 하라는 대로 해. 그러면 철마문의 추적에서 벗어나게 해 주마. 내 제안을 받아들일 거면 고개를 끄덕여.』

주호정의 눈빛이 흔들렸다.

지금이라면 누군가의 도움이 아니더라도 철마문의 추적에서 벗어날 수 있을 듯했다.

문제는 자신에게 전음을 보내는 자였다.

그가 철마문의 추적을 막았다고 하지 않는가.

거꾸로 해석하면, 그가 방해할 경우 철마문의 손에서 벗어나기가 힘들어진다는 뜻이었다.

'제기랄. 저자가 우리의 행적을 적에게 알려 주면 어디로 가든 소용없는 일이야.'

그가 망설이고 있는데, 자신들이 들어온 숲 가장자리 쪽에서 소음이 들렸다. 마침내 철마문 무사들이 숲 속으로 진입한 듯했다.

"놈들이 오는 것 같습니다. 이제 그만 출발합시다."

남사강이 출발을 서둘렀다.

망설이던 주호정은 이를 악물고 고개를 끄덕였다.

아직 전음을 보낸 자의 요구 사항을 알 순 없었다. 하지만 어차피 이러나저러나 위험하긴 마찬가지.

부친은 자신과 어머니를 구하기 위해 남았거늘, 어머니를 무사히 구할 수만 있다면 무슨 일인들 못하랴.

『좋아. 그럼 일행이 출발하면, 적의 시선을 돌려놓고 따라간다고 하고서 오른쪽으로 빠져라. 그리고 내 지시를 받고 따라와.』

전음이 들리는 동안 남사강과 진무승, 공손가향이 출발했다.

"뭐하시오, 공자?"

진무승이 주호정을 재촉했다.

"어머니를 모시고 먼저 가십시오, 진 호법. 적의 시선을 다른 곳으로 돌려놓고 바로 뒤따라가겠습니다."

"공자, 그건 너무 위험하오."

"위험한 건 어차피 마찬가집니다. 놈들에게 당하지는 않을 것이니 걱정 마십시오."

주호정은 공손가향이 말리기 전에 오른쪽으로 신형을 날렸다.

갑작스런 주호정의 행동에 공손가향이 당황해서 허둥댔다.

"호, 호정아."

그러나 주호정은 이미 짙은 어둠 속으로 사라진 후였다.

"주모, 공자께서는 현명하시니 무리한 일은 벌이지 않을 겁니다. 어서 가시지요."

남사강이 공손가향을 다독이며 길을 재촉했다. 더 이상 머뭇거릴 여유가 없었다.

＊　　　＊　　　＊

주호정은 전음이 이끄는 대로 이동했다. 그렇게 오십 여 장을 이동했을 즈음 직경 오 장가량의 공터가 나왔다.

그리고 더 이상 전음이 들리지 않았다.

걸음을 멈춘 그는 음산한 숲 속을 천천히 둘러보았다.

"어디에 있소?"

캄캄한 어둠 속에서 나뭇잎 사이를 뚫고 달빛이 칼날처럼 내리꽂혔다.

그때 등골이 오싹한 느낌이 들었다.

반사적으로 몸을 돌린 그는 짙은 어둠 속에 누군가가 서 있는 것을 보고 흠칫했다.

기껏해야 이 장 떨어진 곳이었다.

언제 자신의 뒤에 나타났단 말인가.

순간적으로 묘한 느낌이 들었다. 짙은 어둠 속이지만 그는 절정 고수답게 상대의 모습을 확연히 볼 수 있었다.

그런데 처음 보는 얼굴인데도 마치 어디서 본 듯한 느낌이 들었다.

"그대는 누군데 나를 이곳으로 불러낸 것이오?"

"그건 곧 알게 될 거야."

"좋소. 그럼 그건 그렇다 치고, 정말 요구 조건을 들어주면 우리를 도와줄 거요?"

"물론. 나는 거짓말을 안 해."

사운평의 나직한 목소리에 주호정이 이마를 찌푸렸다. 숲 속의 팽팽한 분위기 때문인지 으스스한 기분마저 드는 목소리였다.

하지만 검천성의 소성주로서 온갖 일을 겪어 온 그는 주눅 들지 않고 다시 물었다.

"나에게 원하는 게 뭐요?"

"몇 가지 대답."

"대답? 나에게 뭘 물어보겠다는 거요?"

"누군가의 죽음에 대해서."

"무슨 소리요?"

"정주의 소화루를 모르진 않겠지?"

"지금 정주의 소화루라고 했소?"

주호정은 소화루를 알고 있었다.

그에게 절망을 안겨 줬던 자가 존재했던 곳이 아닌가?

"맞아. 작년 가을, 아마 너는 누군가를 시켜서 소화루를 불태우고 기녀들을 죽이라고 한 적이 있을 거다."

"무슨 소리를 하는 거요? 내가 왜 기루를 불태우고 기녀들을 죽이라고 한단 말이오?"

"발뺌을 하겠다는 건가?"

"나는 그런 명령을 내린 적이 없소."

"흥! 거짓말해 봐야 소용없다, 주호정. 너의 청부를 받았던 적등산이 다 불었으니까. 그가 그러더군. 네가 거느리고 있던 호위 무사가 청부를 의뢰했다고."

"나는 절대 그런 일을 시킨 적이 없소."

주호정이 강하게 부정하자, 사운평이 품속에서 진주가 담겼던 가죽 주머니를 꺼냈다.

"이게 뭔지 기억날지 모르겠군. 그 호위 무사가 대가로 줬다는 진주가 담긴 주머니다. 설마 이것도 모른다고는 않겠지?"

"나는 그 주머니를 오늘 처음 봤소."

"끝까지 발뺌을 하겠다?"

"나 주호정은 하늘에 맹세코 기녀를 죽이라는 명령을 내린 적이 없소."

"정말 가증스럽구나, 주호정!"

"대체 내가 왜 기녀들을 죽인단 말이오?"

"왜냐고? 어쩌면 이연연 때문에 죽인 것일지도 모르지. 납치당한 그녀의 복수를 하기 위해서."

이연연의 이름이 나오자 주호정이 사운평을 뚫어지게 노려보았다.

그는 그제야 머릿속에서 안개가 걷히고, 상대가 낯익었던 이유도 알 수 있었다.

얼굴은 달랐지만 분명 그였다. 이연연을 납치했던 놈.

으드득, 이를 간 그가 냉랭한 어조로 말했다.

"누군가 했더니 네놈이었구나, 사운평. 숭산의 협곡에 떨어져 죽은 줄 알았거늘, 이제 보니 사람들의 눈을 속이고 살아 있었구나."

그 말에 사운평이 이마를 찌푸렸다.

"네가 어떻게 그 일을 알고 있는 거지?"

"내가 비록 기녀들을 죽이라고 한 적은 없지만, 너를 죽이려고 한 적은 있다. 그래서 알고 있지. 네가 신궁과 천의산장의 추격을 받아서 협곡으로 떨어졌다는 걸."

"나를 죽이려고 했다고?"

"네놈만 아니었어도 연 매의 마음을 얻을 수 있었을 텐데, 네놈 때문에 연 매가 나를 받아들이지 않았다. 그래서 죽이려고 했지."

"흥! 하긴 소화루를 불태우고 도도 누나와 기녀들을 죽인 놈이 무슨 짓을 못하겠어? 오늘 너를 죽여서, 네놈의 명에 의해 죽은 도도 누나와 기녀들을 위로할 거다."

사운평은 가죽 주머니를 품속에 넣고 옆구리의 유엽도를 빼 들었다. 동시에 그의 몸이 어둠과 동화되며 사라졌다.

주호정은 빤히 쳐다보고 있는 중에 사운평이 사라지자 대경했다.

"헛!"

하지만 그도 강호의 청년 중 손꼽히는 고수였다.

검을 빼 든 그는 뒤로 삼 장가량 물러나며 사운평의 기척을 찾기 위해 감각을 총동원했다.

순간, 좌측에서 싸늘한 예기가 밀려들었다.

반사적으로 검을 뻗은 그는 밀려드는 예기를 막기 위해서 찰나에 칠 검을 내질렀다.

그가 십여 년을 익힌 무원팔검(武原八劍) 중 칠성연환(七星連環)이었다.

그러나 사운평의 공격은 그가 예상한 것보다 훨씬 빠르고 강력했다.

작정을 하고 펼친 그의 무영천살도는 주호정의 검을 쳐 내고 변화의 맥마저 사정없이 잘라 버렸다.

떠더덩!

당황한 주호정은 빙글 몸을 돌리며 전력을 다해서 재차 검을 쳐 냈다.

눈으로 보고 대응하는 것이 아니었다. 어차피 짙은 어둠으로 인해 눈으로 보고 대응하는 것은 한계가 있었다. 오로지 감각에 의존하는 수밖에.

쩌저저정!

순식간에 삼 초의 공방이 오갔다.

두 사람 주위의 나뭇가지들이 검기와 도기를 견디지 못하고 잘게 부서져서 허공에 흩날렸다.

'이놈이 이렇게 강했단 말인가?'

경악한 주호정은 사력을 다해서 사운평의 공격을 막아 냈다.

한 번의 실수가 죽음으로 이어지는 상황. 그는 혼신의 힘을 모두 쏟아 냈다.

최소한 공력에서만큼은 그가 우위에 있었다.

부친과 외조부를 잘 둔 덕분에 영약을 복용하고 벌모세수(伐毛洗髓)를 받은 것이 여덟 살 때였다. 그 후 무원신공으로 다져진 그의 공력은 이미 일 갑자 수위에 도달해 있었다.

반면 몸으로 때워서 공력을 얻은 사운평은 아직 그 수준에 도달하지 못한 상태였고.

하지만 우위에 있다 해도 그 차이는 크지 않았다. 그 정도로는 실력의 격차를 줄이지 못했다.

더구나 사운평의 살천류는 어둠 속에서 더 강한 위력을 발휘하는 무공.

결국 오 초식째, 사운평의 일도가 주호정의 어깨를 가르며 지나갔다.

"크읍!"

신음을 삼킨 그는 다급히 뒤로 물러섰다.

도기가 깊게 스치고 지나간 어깨에서 극렬한 통증이 밀려들었다. 옷자락과 함께 쩍 벌어진 곳에서 뿜어진 피가 가슴을 타고 흘렀다.

승기를 잡은 사운평은 어깨를 움켜쥔 주호정을 향해 소리 없이 다가가며 유엽도를 휘둘렀다.

어둠 속에서 한 줄기 번개가 번쩍였다.

쉬아악!

본능적으로 위험을 깨달은 주호정은 몸을 홱 틀며 혼신의 힘을 다해 검을 뻗었다. 그러나 어깨의 부상이 생각보다 심각해서 그의 검은 전과 같은 위력을 발휘하지 못했다.

쾅!

도검이 정면으로 부딪치며 단발의 굉음이 터져 나온 순간, 그 충격이 반대편 어깨까지 영향을 끼치며 격렬한 고통이 밀려들었다.

"크윽!"

주호정은 머리끝이 쭈뼛 서는 엄청난 고통에 온몸이 후들후들 떨렸다.

사운평은 비틀거리는 주호정을 차가운 눈으로 바라보며 칼을 사선으로 올려쳤다.

쩌정!

끝내 주호정의 검이 손아귀를 벗어나 허공으로 튀었다.

동시에 무영천살도가 어둠을 갈지자로 갈랐다.

주호정은 모든 것을 포기한 듯 두 손을 늘어뜨린 채 번쩍이는 도광을 바라보기만 했다.

스스스슥!

싸늘한 도기에 가슴 옷자락이 갈가리 찢겨져 나갔다. 가슴과 배의 살도 갈라졌다.

싸한 통증에 소름이 돋은 주호정의 얼굴이 회백색으로 창백해졌다.

'이 주호정이 이곳에서 죽는 건가?'

그런데 이상했다. 사운평의 도가 왠지 모르게 그 이상은 깊숙이 파고들지 않았다.

"덤벼! 덤비란 말이다!"

사운평이 고래고래 소리쳤다.

주호정의 입가에 고통과 쓸쓸함이 뒤섞인 쓴웃음이 떠올랐다.

대항한다 한들 무슨 소용이겠는가.

그는 더 이상 구차한 꼴을 보이고 싶지 않았다.

"그냥 죽여라."

"제기랄!"

한 소리 내지른 사운평이 좌수를 신경질적으로 휘둘렀다.

퍽!

"크억!"

비명을 토해낸 주호정이 뒤로 나가떨어지며 땅바닥을 굴렀다.

사운평은 쓰러져 있는 주호정 앞으로 걸어가서 일 장의 거리를 두고 우뚝 섰다.

도도 누나를 생각하면 열두 토막을 낸 다음 태워 죽여도 속이 시원치 않았다.

그런데…… 그런데 칼이, 손이 말을 듣지 않았다.

원수의 심장을 두 쪽으로 갈라서 도도 누나에게 바치려 했거늘……

물론 이 상태에서 팔다리만 잘라 두어도 살기는 힘들 것이다. 하지만 자신의 손으로 직접 숨통을 끊는 것과는 차이가 컸다.

한편으로는 그래서 더 도도 누나에게 미안하고, 주호정이 원망스러웠다.

"네가 청부만 하지 않았어도 도도 누나는 행복하게 살고 있을 거다. 나 역시 칼을 들고 미친놈처럼 설치지 않아도 되었고. 그런데 네놈 때문에……."

그때 주호정이 고개를 쳐들고 악을 쓰듯 말했다.

"분명히 말하지만, 나는 그런 명령을 내린 적이 없다!"

그의 입에서 핏물이 튀었다.

끝까지 사실을 부정하는 그를 보고 분노가 치민 사운평은 유엽도를 하늘 높이 쳐들었다.

"개자식, 죽음을 앞두고도 거짓말하는 너 같은 놈은 처음 본다."

"죽일 테면 죽여라! 하지만 맹세코! 이 주호정은 기녀들을 죽이라는 명령을 내린 적이 없다!"

"그럼 적등산이 거짓말을 했단 말이냐? 그놈은 분명히……."

눈에 불을 켜고 소리치며 칼을 내리치려던 사운평이 말끝을 흐렸다.

적등산은 주호정의 호위 무사가 청부를 의뢰했다고 했다.

호위 무사가. 주호정 본인이 아니라.

칼을 내리치려던 자세 그대로 멈춘 그의 얼굴이 괴이하게 이지러졌다.

주호정을 향한 분노가 워낙 강해서 그동안은 그 차이점을 미처 생각지 못했다.

주호정의 호위 무사라 했으니 당연히 명령을 내린 사람도 주호정이겠지, 그렇게 생각했을 뿐.

그런데 그 말에는 분명 차이가 있었다.

게다가 주호정도 이해가 안 갈 정도로 강하게 부정하고.

자신에 대한 살해 명령을 내린 사실까지 시인한 놈이 왜 그 일은 철저히 부정한단 말인가?

천하제일의 해결사가 되겠다는 사운평이 그 차이가 의미하는 바를 모를 리 없었다.

'지미, 그럼 어떻게 된 거야?'

또 엄한 놈을 때려잡은 거란 말인가?

그때였다.

조연홍이 사운평의 뒤에서 모습을 드러냈다.

"저, 대형. 아무래도 이상한데요? 제 생각으로는, 진짜로 주호정은 그 일을 모르는 것 같습니다."

'나도 알아, 인마.'

하지만 사운평은 쪽팔려서라도 자신의 잘못을 인정할 수 없었다.

"이상하긴 뭐가 이상해? 주호정의 호위 무사가 그 일을 시켰다면 주인인 주호정도 책임이 있는 거지. 게다가 나를 죽이라고 했다잖아?"

조연홍에게 툭 쏘아붙인 그는 주호정을 노려보았다.

옷이 갈가리 찢겨서 마치 걸레쪽 같았다. 그 사이로 피가 배어 나오고 있었다.

'젠장, 조금만 더 깊게 베었으면 죽일 수 있었을지도 모르는데.'

숨을 몰아쉬며 마음을 정리한 사운평이 보다 차분해진 목소리로 물었다.

"좋다, 주호정. 네가 범인이 아니라면 사실대로 말해라. 적등산에게 그 일을 시킬 만한 호위 무사라면 결코 말단 무사는 아닐 것이다. 당시 너의 호위 무사 중 누가 그 일을 시켰을 거라고 생각하냐?"

주호정의 눈빛이 파르르 떨렸다.

사운평의 말을 듣는 순간 한 사람이 떠올랐다. 언젠가 그는 자신에게 흑오객 적등산에 대한 말을 꺼낸 적이 있었다.

"설마 양천……? 그런데 그가 왜 그런 짓을……?"

"양천? 흥! 주인이 좋아하는 여자가 납치당했으니 대신해서 복수를 해 주려고 그랬을지도 모르지."

"그 당시에는 아무도 내가 이연연을 좋아하는 것을 모르고 있었다."

사실이라면 가능성은 하나뿐이다.

다른 누군가가 그에게 그 일을 맡겼다는 것.

사운평은 다시 품속으로 손을 넣어서 주머니를 만지작거렸다.

'일개 호위 무사가 이런 상품의 진주를 소지하고 있었다는 건 말이 안 되지.'

마음을 싸늘하게 가라앉힌 그가 주호정을 내려다보았다.

내상이 심해서 얼굴이 종잇장처럼 창백했다. 걸레쪽처럼 갈라진 가슴과 어깨에서는 피가 계속 흘러나오고 있었다.

'이제 주호정에 대한 처리가 문제군.'

살려 준다 해서 끝날 문제가 아니다. 주호정이 없었던 일로 하지 않는 이상은. 그럴 리도 없겠지만.

최악의 경우 천의산장과 검천성을 동시에 상대해야 할지도…….

'할 수 없군. 죽이는 수밖에.'

그런데 죽인다면 어떻게 죽이지?

그가 슬쩍 조연홍을 바라보았다. 때마침 조연홍이 넌지시 물었다.

"대형, 이자는 어떻게 할 겁니까?"

"어떻게 했으면 좋겠냐? 네 생각을 말해 봐라."

잠시 머뭇거린 조연홍이 전음으로 자신의 생각을 솔직하게 말했다.

『살려서 보내면 대형과 저를 죽이려고 할 텐데…… 죽이죠.』

혹시라도 사운평이 살려 줄까 봐 전음으로 말한 것이었다. 살아난 주호정이 그 말을 한 자신에게 원한을 품을 수도 있으니까.

그런데 사운평은 전음이 아닌 목소리로 말했다.

"그래, 아무래도 죽이는 게 낫겠지? 그럼 네가 죽여라."

그러고는 미련 없이 돌아섰다.

잠시 멍한 표정으로 사운평을 바라본 조연홍은 갈고리처럼 생긴 기형도를 빼 들었다.

'젠장, 자신이 이렇게 만들어 놓고 왜 나에게 죽이라고 해?'

그는 불만이 많았지만, 자신이 죽이자고 했다는 걸 주호정이 알아 버린 이상 살려 줄 수도 없었다.

"나는 억울해! 내가 범인이 아니란 것을 너도 이제 알았잖아?"

주호정이 사정하듯 말했다.

무조건 죽을 수밖에 없다는 것을 알았을 때는 죽음이 두렵지 않았다. 그런데 살 수 있을지도 모른다는 생각이 들자 죽음이 더욱더 두려워졌다.

그는 이제 살고 싶었다.

살 수만 있다면 자존심 따위는 시궁창에 처박을 수 있었다.

"살려 다오! 살려만 준다면 오늘 일을 모두 잊겠다!"

돌아서 있던 사운평이 그 말에 냉랭히 답했다.

"너는 나를 죽이기 위해 사람을 보냈다고 했다. 그때 내가 너와 같은 처지에서 살려 달라고 했으면, 너는 어떻게 했을 것 같냐? 억울해 할 것 없어."

"……."

"그 말은 대형이 맞는 것 같수. 잘 가쇼."

조연홍이 차가운 표정으로 말하고는, 미련 없이 기형도를 휘둘렀다.

퍽!

갈고리 끝처럼 생긴 뾰죽인 곳이 주호정이 옆머리에 꽂혔다.

주호정은 초점이 흐려진 눈으로 허공을 보며 더듬더듬 중얼거렸다.

"너…… 실수……한 거…… 그분의…… 분노를…… 어떻게……."

흐려지는 목소리와 함께 주호정의 머리가 땅바닥에 처박혔다.

사운평은 주호정의 말에 왠지 모르게 오싹한 느낌이 들었다.

그러나 어차피 벌어진 일. 마음에 깊이 담아 두진 않았다.

이제 와서 뒤돌아본들 무슨 소용이겠는가?

"연홍, 그만 가자."

"주호정의 시신을 이대로 두고요?"

"주호정은 철마문이 죽인 거다."

그제야 사운평의 뜻을 깨달은 조연홍이 고개를 끄덕였다.

"그렇군요."

＊　　　＊　　　＊

숲을 나온 사운평과 조연홍은 철마문의 뒤를 쫓아서 달렸다.

"대형, 왜 철마문을 쫓아가는 겁니까?"

"나는 주호정과 약속을 했다. 남자는 입에 칼이 들어와도 약속을 지켜야 하는 법이지. 적과의 약속이라 해도."

조연홍의 식었던 가슴이 다시 뜨겁게 타올랐다.

'그러고 보면 대형도 괜찮은 사람이야.'

두 사람이 철마문의 꼬리를 잡은 것은 그 후로 일각쯤 지났을 때였다.

처음에는 두 사람이 보였다. 지쳐서 뒤처진 듯했다.

사운평은 그들을 바람처럼 지나치며 다리를 베어 버렸다.

그 다음에는 세 사람을 만났다. 사운평은 그중 둘의 팔다리를 난도질하고 마지막으로 주먹을 한 방씩 먹였다.

대항할 틈도 없이 당한 철마문 무사들은 바닥에 널브러져서 팔다리가 잘린 벌레처럼 꿈틀거렸다.

죽은 자는 없었지만 더 이상 추적할 수 없는 상태. 거기다 앞으로 무공을 쓸 수 있을지 그것도 미지수였다.

피를 많이 흘리면 죽을지도 모르지만, 그것은 그놈에게 복이 없을 뿐이다.

다른 한 명은 조연홍이 상대했다. 그는 칠 초의 대결 만에 절호의 기회가 생기자 망설이지 않고 철마문 무사를 죽였다.

그곳을 떠나면서 조연홍이 물었다.

"대형, 왜 그자들을 살려 두신 겁니까?"

"그런 자들 죽여서 뭐하게? 병신이 되었으니 앞으로는 나쁜 짓 못할 거다. 그거면 됐어."

조연홍은 사운평이 더욱 마음에 들었다.

'생각보다 정이 많다니까.'

그 후 다시 반각쯤 지났을 때, 마침내 격돌 중인 자들을 발견했다.

경산마도 중각이 철마문 무사 일곱과 함께 남사강과 진무승, 공손가향을 공격하고 있었다.

사운평과 조연홍은 그들의 싸움을 잠시 지켜보았다.

밀리고는 있지만 위급한 정도는 아니었다. 그만큼 남사강과 진무승이 철마문 고수들보다 월등히 뛰어난 실력을 지니고 있었다.

차라리 공손가향이 없었다면 남사강과 진무승이 그렇게까지 밀리지는 않았을 것이다. 그러나 공손가향을 보호하려다 보니 제 실력을 발휘하지 못하고 있었다.

"연홍, 네가 좌측에 있는 놈을 맡아라. 내가 우측을 맡으마."

"예, 대형."

사운평은 공손가향이 위기에 몰리는 것을 보고 신형을 날렸다.

"여기가 어디라고 철마문 놈들이 설치는 거냐!"

철마문 무사들은 갑자기 뒤에서 적이 등장하자 당황한 표정을 감추지 못했다.

더구나 나타난 자들은 기겁할 정도로 빨랐고 강력한 무공을 지니고 있었다.

쩌저정!

"크악!"

사운평이 단숨에 철마문 무사 하나의 허리를 베어 버리고 다른 목표물을 찾아 움직였다.

조연홍도 도를 든 자 하나를 상대하며 몰아붙였다.

일곱에서 셋이 빠지자 형세가 단번에 바뀌었다.

"중각! 이제는 네놈이 당할 차례다!"

남사강이 노성을 내지르며 공격에 나섰다. 그동안 당한 울분을 풀겠다는 듯 그는 아꼈던 공력을 모조리 쏟아냈다.

일순간, 그의 검에서 쏟아져 나온 선풍검기가 어둠 속에서 회오리쳤다.

"이놈들!"

진무승도 검을 뽑으며 강맹한 공격을 퍼부었다.

순식간에 철마문 무사 둘이 더 쓰러졌다.

안 되겠다 싶었는지 중각이 뒤로 몸을 뺐다.

살아남은 철마문 무사 넷도 정신없이 물러서 중각의 눈치를 봤다.

"기회가 왔을 때 놈들을 물리쳐야 합니다. 공격하십시오!"

사운평이 소리치며 공격을 독려했다.

멈춰 섰던 남사강과 진무승도 그의 말이 옳다는 걸 알기에 이를 악물고 재차 공격에 나섰다.

결국 철마문 무사 둘이 더 쓰러지자 중각은 뒤도 돌아보지 않고 도주했다. 남았던 둘은 사운평과 남사강이 쓰러뜨렸다.

사운평은 상대가 먼저 검을 자신의 목에 들이밀었기 때문에 망설이지 않고 상대의 목을 그어 버렸다.

"어디서 꼬챙이를 들이밀어?"

자신에 찬 목소리. 이번에는 손도 떨리지 않았다.

"도와줘서 고맙네."

남사강이 사운평에게 고마움을 표했다.

"철마문 놈들이 왜 대협 일행을 공격한 겁니까?"

사운평은 아무것도 모르는 것처럼 눈을 크게 뜨고 말했다.

완벽한 연기에 조연홍이 입을 반쯤 벌리고 감탄했다.

"나는 검천성의 장로인 남사강이라고 하네. 성주께서 주모와 공자를 대동하고 천의산장에 다녀오는 길을 노린 것 같네."

"예? 철마문이 검천성의 성주님을 노렸다고요? 미친놈들!"

사운평이 버럭 화를 내자, 남사강도 이를 갈았다.

"놈들이 우릴 노린 이상 이젠 전쟁만 남았네. 그런데 자네들은 누
군가?"

"저는 운정이라 합니다. 여긴 제 동생인 조홍이지요. 겹현에서 낙
양으로 가는 길에 싸우는 소리가 들려서 달려왔습니다."

"도와줘서 고마웠네."

"별말씀을 다 하십니다. 동도의 어려움을 보면 당연히 도와야지
요."

"잠깐 봤지만 대단한 도법이더군. 사문이 어떻게 되는가?"

"쑥스럽습니다. 사실 사문이라고 하기는 애매하고, 사부님을 한 분
모신 적 있습니다. 그분께서 돌아가시기 전에 남긴 도법을 십여 년 동
안 꾸준히 익혔지요."

사운평이 얼버무리자 남사강도 더 묻지 않았다.

강호에는 사문을 밝히지 않으려는 사람들이 의외로 많았다. 대부분
마도 계열의 무공을 익힌 사람들이 그랬다.

그들은 마도 계열의 무공을 익혔으면서도 마도로 취급받는 걸 싫어
했다. 사운평 같은 청년들은 더욱 그러했고.

싫다는데 굳이 들춰 낼 이유는 없었다. 중요한 것은 자신들을 구해
줬다는 것이지 사문이 아니니까.

"우리는 이제 검천성으로 가야 하네. 자네들은 어떡할 건가? 괜찮
다면 검천성까지 함께 갔으면 하네만."

"저희도 함께 갔으면 합니다만, 바쁜 일이 있어서……."

"바쁘다면 어쩔 수 없지. 다행히 철마문 놈들도 완전히 떨쳤으니 큰 위험은 없을 것 같군."

"이해해 주셔서 감사합니다."

"언제든 검천성에 올 일이 있으면 남사강을 찾아오게. 오늘 도와준 일에 대해선 그때 사례하겠네."

"아! 선풍검객 남 대협이셨군요. 만나 뵈어서 영광입니다."

"지체할 시간이 없어서 그만 가봐야 할 것 같군. 그럼 다음에 보세."

남사강은 작별을 고했다.

젊은 두 사람의 무공이 제법 쓸 만하지만 정파의 무공은 아닌 듯했다. 행색도 낭인 같았고.

자신이 그 정도 대했다면 할 만큼 했다고 할 수 있었다.

"그럼 조심해서 가십시오."

그때 조용히 서 있던 공손가향이 오만한 표정으로 뭔가를 내밀었다.

"이걸 받아요."

"예?"

"이 정도면 오늘 도와준 답례로는 충분할 거예요."

공손가향이 내민 것은 비녀였다. 머리에 매화 세 송이가 정교하게 새겨진 옥비녀.

그런데 그녀의 오만한 태도와 얕보는 말투가 사운평의 귀에 거슬렸다.

마치 이걸 줄 테니 귀찮게 하지 말라는 투가 아닌가.

'충분할 거라고? 당신의 목숨 값이 옥비녀와 같단 말이지?'

그는 공손가향이 죽은 주호정의 어머니란 걸 알기 때문에 왠지 씁쓸한 마음이 들어서 거절하려고 했다.

하지만 그 말투 때문에 마음을 바꿨다.

"귀한 것 같은데, 제가 이걸 받아도 될지 모르겠습니다."

"은혜니 뭐니, 이런저런 뒤끝을 남기기 싫어서 주는 것이니 받도록 해요."

"그렇다면 받겠습니다."

사운평이 옥비녀를 받자, 공손가향이 더 볼일 없다는 듯 몸을 돌렸다.

남사강이 쓴웃음을 지으며 사운평을 향해 고개를 한 번 끄덕이고는 진무승과 함께 그녀를 따라갔다.

그들이 멀어지자, 사운평은 옥비녀를 한 번 더 쳐다본 후 품속에 넣었다.

'주호정이 왜 주철위의 반도 안 되는가 했더니, 어머니가 문제였군. 자식 교육을 그따위로 시켰으니 당연히 그렇게 클 수밖에.'

아마 주철위가 교육을 시키고 싶었어도 공손가향 때문에 힘들었을 것 같다.

천의산장의 눈치를 봐야 하는 주철위로서는 그녀의 비위를 거스르지 못했을 테니까.

힘을 얻은 그가 공손가향의 치맛자락에서 벗어났을 때는 이미 늦었겠지.

'그래서 자식 교육은 어릴 때가 중요하다니까.'

누구보다 자신이 잘 안다.

아마 도도 누나가 아니었다면 자신은 길거리 혹도 건달이 되었을 것이다. 아니면 독기를 부리다가 맞아 죽었던가.

'좌우간 당신이 준 옥비녀, 언젠가는 멋지게 써먹을 날이 있을 거야.'

검천성 성주의 부인이 준 옥비녀다. 그 가치는 단순한 옥비녀와는 천양지차였다.

*　　　*　　　*

"흘흘흘, 역시 만수사의 어린놈들보다 훨씬 낫구나. 처음 볼 때부터 알아봤지."

벽초가 범어로 된 경전을 옮겨 적고 있는 이연연을 바라보며 만족한 표정을 지었다.

범어를 가르친 지 며칠 지나지도 않았다. 그런데 벌써 자음과 모음이 합쳐져서 파생되는 낱말을 빠르게 익혀가고 있지 않은가 말이다.

그녀는 천재였다. 최소한 범어에 관해서만큼은.

"이제 겨우 시작인데요."

"당장은 아무 쓸모없을 것 같지만, 배우고 읽다 보면 너에게 많은 도움이 될 거다."

이연연은 벽초의 말을 이해했다.

범어는 당장만 해도 그녀에게 큰 도움이 되었다.

경전을 읽기 때문인가?

읽고 쓰다 보면 마음이 안정되는 것이다.

어쩌면 그래서 더 범어 배우는 일에 집중하는 것일지 몰랐다.

"그런데 벽초 스님은 중원에 무슨 일로 오셨어요?"

"찾을 게 있어서."

"찾으셨어요?"

"아니. 이십 년 가까이 찾아봤는데, 아직 찾지 못했다."

"찾으시는 것이 뭔데 그렇게 오랫동안 찾고도 못 찾으신 거예요?"

"아수라의 마기를 누를 수 있는 부타의 봉인함이 아주 오래전 마하사원에서 사라졌다. 그 후 오랜 세월 조사 끝에 봉인함이 중원으로 건너갔다는 걸 알아냈지. 그래서 노납이 찾아 나섰는데…… 하남에 들어온 것만 확인했을 뿐 그 이후의 흔적을 찾을 수가 없었다."

"봉인함 안에 뭐가 들어 있나요?"

담담하게 말을 잇던 벽초의 눈빛이 흔들렸다.

"아주…… 아주 무서운 것이 들어 있다. 마하사원의 백 년 암흑기를 도래케 했던 사마라께서 심마가 극에 달했을 때 얻은 마라의 힘이."

第四章

삼룡회(三龍會)라는
이름을 들어봤나?

　사운평과 조연홍이 무사히 돌아오자 임풍의 집이 오랜만에 사람 사
는 곳처럼 북적거렸다.

　초혜도 오랜만에 제대로 된 요리를 만들어야겠다며 설쳤다.

　그녀는 사운평이 없는 동안 자신들만 맛있는 음식을 먹을 순 없다
며 솜씨를 발휘하지 않았다.

　'그냥 대충 먹어요.'라면서 평범한 요리만 내놓았을 뿐.

　물론 그 요리도 맛이 있었지만, 아무래도 특별히 만드는 요리만은
못했다.

　그녀가 싱글벙글하며 요리를 하자, 임풍과 구광도 덩달아 즐거워했
다.

　소강은 무슨 일인가 싶어서 의아해하는 표정이었고.

　"뭐 좋은 일이라도 있소?"

임풍이 피식 웃으며 말했다.

"조금만 기다리쇼. 곧 배 속의 밥벌레들이 즐거워할 테니까."

그때 구광이 사운평에게 물었다.

"무사히 돌아와서 다행이군. 갔던 일은 어떻게 되었나?"

"운이 좋았습니다. 마침 소란스런 일이 벌어져서 그 기회를 놓치지 않고 책을 빼냈죠."

사운평은 마치 자신이 빼낸 것처럼 말했다.

사람들도 그렇게 믿었다.

그들은 아직 조연홍이 무영귀도의 제자이며, 강호제일을 다투는 도둑이라는 걸 모르고 있었으니까.

사운평도 난문도해에 대해서만 말하고 다른 말은 하지 않았다.

무종무록은 물론이고, 심지어 주호정을 죽인 일도.

자세한 사정은 아는 사람들이 적을수록 좋았다.

특히 주호정은 철마문에 의해서 죽었다고 아는 것이 나았다. 만약을 위해서라도.

언제 어느 때, 어떤 일이 벌어질지 모르니까.

"이가장의 이연연이 사라졌지 뭐요. 아무래도 주호정과 혼인하기 싫어서 그런 것 같은데……."

사운평은 이연연이 사라진 일에 대해서 간단히 설명해 주고는, 고개를 돌려서 소강에게 물었다.

"그런데 소 형, 혹시 위지라는 성을 쓰는 사람이 은명곡에 있어?"

소강의 눈매가 순간적으로 흔들렸다.

"그 말을 어디서 들었나?"

"천의산장에서. 공손건이 그러더군. 위지 형이 하남에 들어왔다고."

소강은 자신을 빤히 쳐다보는 사운평의 눈을 대하고 사실대로 말했다.

"내 성이 '위지'네. 정확한 이름은 위지강이지."

"은명곡의 곡주가 선우라는 성을 쓴다던데, 그 사람과는 무슨 관계지?"

"꼭 듣고 싶은가?"

"공손건은 선우 곡주가 실수를 했다고 했어. 결코 가벼운 일 때문에 그런 말을 한 것은 아닐 거야. 그렇다면 위지 형으로 인해서 지금보다 훨씬 더 위험한 상황에 처할 수도 있단 말 아니겠어? 그래서 묻는 거야. 뭘 알아야 대처를 할 수 있을 테니까."

위지강은 사운평의 말에 쓴웃음을 지었다.

이제는 더 이상 속일 수 있는 상황이 아닌 것 같다.

'어쩌면 사실대로 모두 말하는 것이 나을지도 모르겠군.'

자신의 적은 천하를 뒤흔들 정도로 거대하다. 반면 강호에서 자신의 편이 되어줄 수 있는 사람은 극소수고.

바로 앞에 있는 이 사람들도 사실을 알게 되면 당장 쫓아낼지 모른다.

하지만 위지강은 사실을 모두 말하기로 결심했다.

누군가에게 털어놓으면 속이 시원할 것 같았다. 그 후의 일은 그 후에 생각하면 될 일이고.

"선우 곡주, 은왕(隱王) 선우명은 선친의 의형제로 나에겐 숙부가 되네. 그리고 나를 쫓아 낸 사람이지."

"그가 왜 위지 형을 쫓아 낸 거요?"

"작년까지만 해도 나는 은명곡의 차기 곡주가 될 사람이었지."

어느 정도 짐작하고 있던 사운평은 별반 표정 변화가 없었다.

공손건이 '위지 형'이라고 부를 정도라면 상당한 신분이란 말. 소곡주라는 신분이 의외긴 하지만 놀랄 정도는 아니었다.

그러나 임풍과 구광은 눈이 휘둥그레졌다.

위지강이 천의산장과 동격이라는 은명곡의 소곡주였을 줄이야!

위지강은 착잡한 표정으로 말을 이었다.

"소곡주였던 내가 이 꼴이 된 것은 숙부의 배신 때문이지. 그는 아버님이 돌아가시자마자 은명곡을 장악하고 나를 허수아비로 만들었네. 그리고 지난 봄……."

그자는 끝내 곡주의 자리를 차지하고는 자신을 거처 밖으로 나가지 못하도록 연금했다.

마음이야 자신을 죽이고 싶었겠지만, 곡에 선친을 따랐던 사람들이 많아서 차마 죽이지는 못했던 것이다.

그런데 한 달 전부터 눈치가 수상해졌다. 그가 더 이상 눈치 보지 않고 자신을 죽이기로 작정한 듯했다.

"……아마 한 사람이 그 사실을 알려 주지 않았다면, 나는 은명곡에서 빠져나오지도 못하고 그곳에서 죽었을 거네."

나직이 말을 이어가던 위지강의 눈빛이 파르르 떨렸다.

그 사실을 알려 준 사람은 여인이었다.

그가 사랑했던 여인, 그를 사랑했던 여인.

그녀는 그와 정혼한 사이였으며, 바로 그를 죽이려고 하는 자의 딸이었다.

'영 매. 나는 당신을 원망하지 않소. 그보다는 나 때문에 당신이 고초를 당하지 않을까 걱정이오.'

잠시 침묵이 흘렀다.

하지만 언제까지 침묵하고 있을 수만은 없는 일. 마음을 추스른 위지강이 말을 이었다.

"나만 없으면 저들도 당신들에게 죄를 묻지 못할 거네. 이제는 내 상도 많이 나아서 움직이는 데 지장이 없으니 나가라면 나가지."

사운평이 미간을 좁히고 고개를 저었다.

"위지 형의 얼굴이 그려진 초상을 본 사람들이 사방천지에 깔려 있어. 아마 이곳에서 나가자마자 많은 사람들이 위지 형을 알아볼걸?"

구광도 그를 거들었다.

"운평의 말이 맞네. 그리고 특히, 우리는 아직 적과 싸울 수도 없는 소곡주를 길거리로 내보내고 싶은 마음이 없네."

임풍은 한술 더 떴다.

"어차피 이렇게 된 거, 우리와 한 가족이 되는 건 어떻겠소?"

사운평은 위지강과 함께 있는 것이 얼마나 위험한지 누구보다 잘 알았다. 언제 터질지 모르는 화산을 끌어안고 있는 상황이랄까?

하지만 임풍의 말에 반대하지는 않았다.

위지강이 은녕곡의 소곡주였던 사람이라면 위험한 만큼 얻을 것도 많았다.

천의산장과 은명곡, 신궁에 대해서 많은 비밀을 알고 있을 테니까.

게다가 지금은 부상 때문에 제 실력을 발휘하지 못하지만, 위지강은 절정 수준에 오른 고수였다.

함께한다 해도 이래저래 손해 볼 것 없었다. 저들이 알아보지만 못한다면.

"결정은 위지 형이 내려."

위지강의 눈빛이 파르르 떨렸다. 조금 전과는 다른 뜻이 담긴 떨림이었다.

여기서 나간다 한들 어디로 갈 것인가?

그는 오래 생각하지 않고 고개를 끄덕였다.

"좋소. 이제부터 그대들과 가족으로서 함께하겠소."

임풍과 구광의 표정이 환해졌다.

"잘 생각했소, 위지 형."

"가족이 된 것을 환영하네."

사운평도 희미한 미소를 지었고, 조연홍은 이상하게 가슴이 뜨거워졌다.

그때였다.

마치 그런 일이 있을 거라는 걸 알고 있었기라도 하듯 초혜가 영소와 함께 요리를 들고 나타났다.

"자, 요리가 다 됐습니다! 맛있게 드시고 나머지 이야기를 나누세요!"

임풍과 구광, 사운평의 눈빛이 달라졌다.

그들은 새롭게 형제가 된 위지강은 물론이고 조연홍마저 내팽개치고서 요리를 향해 달려들었다.

그리고 잠시 후, 위지강과 조연홍도 그들과 다름없이 행동했다.

초혜는 그 모습을 뿌듯한 표정으로 바라보았다.

'호호호호, 배당 받을 때 요리를 만들어 팔면 돈 좀 되겠어.'

*　　　*　　　*

꿈에도 생각지 못했던 소식 하나가 전해진 것은 일각 전. 천의산장
은 통째로 떨어져 내린 하늘에 짓눌리기라도 한 듯 무거운 침묵에 휩
싸였다.

그로부터 얼마 지나지 않아서 천의전에 으스스한 적막감이 감돌았
다.

전각 안에 십여 명이 앉거나 서 있는데도 숨소리조차 들리지 않았
다.

심장이 약한 자는 숨이 멈춰서 죽어도 하등 이상할 것이 없을 듯했
다.

한참 만에 도저히 믿을 수 없다는 투의 목소리가 나직이 흘러나왔
다.

"호정이가…… 죽었다고?"

"예, 아버님."

"그 아이가, 그 아이가 죽었단 말이지?"

나직이 되뇌는 공손수경의 목소리가 허공을 떠다니며 사람들의 심
장을 짓눌렀다.

그나마 공손무곡만이 입을 열어서 부친의 말에 대답했다.

"철마문 놈들이 그런 미친 짓을 저지를 거라고는 생각도 못 했습니다."

"그들은 미친 짓을 저지른 게 아니다. 적으로서 당연히 할 일을 했을 뿐이야. 오히려 그에 대한 대비책을 세우지 못한 우리가 실수한 것이지."

공손수경은 의외로 자책부터 했다.

누구도 그 말에 이의를 달지 못했다. 달 수도 없었고.

공손수경은 담담하게 느껴지는 목소리로 말했지만, 듣는 이들은 그 말이 칼이 되어서 심장을 쑤시는 듯했다.

아무런 감정도 느껴지지 않는 눈빛. 고저 없는 나직한 말투.

공손수경과 마주한 자들은 오히려 그런 모습에 입 안의 침이 바짝 말랐다.

"허나 실수는 실수, 죽은 것은 죽은 거다. 지금은 오직 그것만이 진실일 뿐이니라."

"아버님의 말씀이 옳습니다."

"그들이 그런 짓을 저질렀을 때는 그만한 대가를 치를 각오를 하고 있었겠지. 그렇다면 그에 상응하는 대가를 치러 줘야 세상이 우리를 우습게보지 않을 것이다."

"당연히 그럴 생각입니다."

"어설프게 상대하면 저들의 간만 키워 주는 꼴이 된다. 철저히, 두 번 다시 일어설 수 없도록 아주 철저히 짓뭉개서 호정이의 넋을 위로해 줘라."

"예, 아버님."

"책을 훔쳐 간 놈도 반드시 잡아내."

"이미 사람을 풀었습니다."

"어쩌면 네 생각이 옳은지도 모르겠다. 천하 만방에 본 산장을 무시하면 어떤 결과가 벌어지는지 알려 줄 필요도 있을 것 같구나. 사실 너무 오래 참고 있었어."

나직이 말을 맺는 공손수경의 두 눈이 붉게 충혈되어 있었다.

외손자인 주호정의 죽음을 슬퍼해서인지, 아니면 철마문에 대한 분노 때문인지는 알 수 없었다.

다만 분명한 것은, 웅크리고 있던 노호(老虎)가 마침내 출사를 결심했다는 것이다.

숨을 멈춘 채 늘어서 있던 천의산장 주요 고수들의 눈빛이 거세게 흔들렸다.

그들은 안다. 천의산장이 움직이면 다른 두 곳도 움직일 거라는 걸.

폭풍이 천하를 휩쓸거라는 걸!

*　　　*　　　*

강호가 발칵 뒤집혔다.

철마문이 검천성 성주인 주철위를 죽이려 했다가 실패했다.

주철위는 중상을 입은 채 살아났고, 그의 부인인 공손가향도 목숨을 구했다.

그러나 검천성의 소성주 주호정이 죽고, 장로와 호법 다섯, 호천검위 열여덟 명이 죽음을 당했다.

경천동지의 충격에 강호가 숨을 죽였다.

대기에서 피비린내가 물씬 풍기는 듯했다.

신주구세 중 나머지 팔세는 물론이고, 수십 년 동안 별다른 활동을 하지 않고 조용히 지내던 구문팔가조차 돌아가는 상황을 예의주시했다.

그러다 보니 말 많은 자들은 이번 사건이 구문팔가의 오랜 잠을 깨울지 모른다는 성급한 예상을 하기도 했다.

하지만 어느 누구도 또 다른 바람이 불기 시작했다는 것을 알지 못했다.

그 바람이 태풍이 되어서 전 강호를 휩쓸어 버릴 거라는 것은 더더욱 몰랐고.

사운평과 조연홍이 낙양으로 돌아온 지 이틀째 되던 날. 이문이 검천성의 소식을 전해 주었다.

"주철위는 얼굴과 가슴에 큰 상처를 입었다고 하네. 그나마 공력이 고강해서 목숨을 구했지, 조금만 약했어도 심장이 파열되어 죽었을 거라고 하더군."

"성주가 그 모양이어서 검천성도 바로 움직이지 못하는 모양이군요."

"아무래도 그럴 수밖에 없지. 더구나 장로와 호법, 호천검위 같은 고수들이 많이 죽었잖은가?"

"천의산장은 어떻습니까?"

"그게 이상하네. 이상할 정도로 조용해."

사운평은 그 점이 더 불안했다.

그의 귓전에는 아직도 주호정의 마지막 말이 생생했다.

그는 자신에게 실수를 했다고 했다. '그분'의 분노를 어떻게 막을 것이냐면서.

아직 '그분'이 누군지는 정확히 알 수 없지만, 천의산장의 공손수경일 가능성도 배제하진 않았다.

분노라는 것도 자신에 대한 개인적인 분노는 아닌 듯했다.

설령 그것이 아니라 해도 주호정이 죽었다는 소식을 들었다면 천의산장이 움직여야 했다.

그런데 왜 조용하단 말인가?

"계속 그들을 주시해 주십시오."

"그러고 있네. 잘하면 큰돈이 될 것 같거든."

"이 숙, 주호정은 누구에게 죽었다고 합디까?"

그 질문에 이문이 사운평의 눈치를 슬쩍 살피며 말했다.

"철마문 놈들이 죽인 것 같네. 자네를 대신해서 그들이 복수를 해준 셈이 됐군."

"복수에 대신은 없습니다. 내 복수 대상을 뺏어간 철마문은 그에 대한 대가를 치러야 할 겁니다."

사운평은 짐짓 분한 표정을 지으며 말하고는 화제를 돌렸다.

"이 숙, 살아난 검천성 사람 중 호천검위도 있다고 했지요?"

"두 사람이 운 좋게 살아남았네."

"누굽니까?"

"한 사람은 벽청하란 자고, 한 사람은 양천이란 자네. 위사장 갈응태는 주철위를 구하고 죽었다더군."

*　　　*　　　*

이튿날. 사운평은 아침을 먹고 나서 조연홍을 불렀다.

"연홍, 나와 개봉에 가자."

"개봉요?"

"그래. 왜, 가기 싫어?"

"아뇨."

조연홍으로선 싫을 리가 없었다.

이틀 동안 임풍의 집에만 처박혀 있었더니 좀이 쑤셨다. 아마 사운평이 개집을 털러가자고 했어도 따라나섰을 것이다.

그런데 좀이 쑤신 사람은 조연홍만이 아니었다.

구광이 넌지시 말했다.

"개봉이라면 내가 잘 아네. 나도 함께 가면 안 되겠나?"

"가고 싶으시면 그렇게 하죠, 뭐."

사운평은 마다하지 않았다. 마당발 구광이라면 귀찮게 하지도 않고 많은 도움이 될 것이었다.

"임 형과 초혜는 이 숙이 모은 정보를 취합해 줘."

"그렇게 하지."

"알았어요."

"나는 뭐 할 것 없나?"

위지강이 자신만 임무가 없자 머쓱한 표정으로 물었다.

"위지 형은 내가 돌아올 때까지 몸이나 회복해. 아마 그때쯤 되면 할 일이 많아질 거야."

"검천성의 일 때문에 하는 말인가?"

"맞아. 머지않아서 강호에 한바탕 피바람이 불어댈 거야. 그때는 아마 발바닥에서 불이 날 정도로 바빠서 먹고 쌀 시간도 없을 걸?"

"하긴 천의산장이 본격적으로 나서면 피비린내가 진동하겠지. 철마문이 무슨 생각으로 그런 짓을 저질렀는지 몰라도 처절하게 후회할 거다."

사운평도 그의 말에 어느 정도는 찬성했다. 천의산장의 정예 고수들이 세상으로 나온다면 천하가 경동할 것이다.

그러나 처음부터 이해하기 힘들었던 점 하나가 마음에 걸렸다.

"그들도 뭔가 믿는 구석이 있으니 일을 저질렀을 거야. 나는 지금 그게 뭔지 무척 궁금해."

"그들에게 배후가 있을지도 모른다는 건가?"

"그것도 궁금한 것 중 하나야. 그리고 다른 하나는, 그들이 과연 천의산장의 진정한 힘을 알면서도 그런 일을 저질렀을까, 하는 거지. 만약 알고 저질렀다면…… 생각보다 상황이 복잡해질 거야."

상황이 복잡해지면 자신과 같은 청부업자들이 바빠진다.

한 몫 단단히 잡을 수 있는 기회!

그 기회를 눈앞에 두고도 놓친다면 바보 소리를 들어도 할 말 없다.

"으음, 자네 말도 일리가 있군."

"그런데 위지 형, 천의산장과 은명곡, 신궁은 정확히 어떤 관계야?"

사운평은 질문을 던져놓고 '이제 말해 줄 때도 되지 않았어?' 라고 재촉하는 표정으로 쳐다보았다.

일전에 위지강은 그들에 대해 '한때는 동료였지만 지금은 아무것도 아닌 사이' 라고 말했다.

그런데 돌아가는 상황을 보면 그 이상의 관계가 있는 듯했다.

위지강도 더 이상 망설이지 않았다.

이제 가족이 되었지 않은가. 이들도 이제는 적이 될지 모르는 자들에 대해서 알고 있어야 했다.

그는 일단 차를 한 모금 하고서 입을 열었다.

"삼룡회(三龍會)라는 이름을 들어봤나?"

"삼룡회? 꼭 무슨 흑도 놈들 모임 이름 같군."

위지강은 어이가 없어서 목구멍이 콱 막혔다.

그들이 사운평의 말을 들었다면 어떤 표정을 지었을까?

그 생각을 하니 웃음이 터져 나올 듯했다.

무거웠던 마음이 한결 가벼워진 그는 피식, 실소를 짓고서 말을 이었다.

"삼룡회는 천의산장과 은명곡, 신궁의 모임을 말하는 거네."

"그런 이름까지 있는 걸 보니 생각했던 것보다 더 가깝게 지냈던 것 같은데?"

"살기 위해서였지."

"무슨 말이야? 살기 위해서라니?"

"아주 오래전, 세상에 놀라운 자들이 나타난 적이 있었네. 그 당시

신진 세력으로 막 위세를 떨치기 시작하던 두 문파는 각자의 세력으로 '그들'을 굴복시키려했지. 아마 숫자도 몇 명 안 되는 자들이 강하면 얼마나 강하랴, 하는 마음이었을 거야. 그런데⋯⋯."

석 달도 되지 않아서 세력의 삼 할 이상이 '그들'에게 무너지고 말았다.

뒤늦게 상대의 무서움을 자각한 두 문파는 비밀리에 손을 잡고 그들을 상대하기로 했다. 모든 힘을 동원해서 강호의 명숙들을 초청하고, 거금을 풀어서 고수들을 영입했다.

그렇게 힘을 보강한 두 문파는 암암리에 '그들'을 공격했다.

아직 강호에 별다른 해를 끼치지도 않은 자들을 선제공격하는 상황. 더구나 두 문파 중 한 곳은 마도로 인식된 곳이어서 대놓고 명문정파에 참여를 요청할 수도 없었다.

하지만 '그들'의 힘은 그 사이에 더 강력해져 있었다.

암중(暗中)에서 치열한 전쟁이 벌어졌다.

여섯 달. 그 사이 수백 명이 죽고 수백 명이 불구가 되었다.

두 문파의 수장들은 '그들'의 가공할 무위에 공포마저 느꼈다.

그러던 어느 날, 한 문파가 자진해서 가세했다. 자신들 역시 언제 '그들'에게 당할지 모른다면서.

"나중에 참여한 자들은 두 문파에 한 가지 계책을 제안했지. 정면대결 대신 그들을 함정으로 끌어들여서 제거하자는 것이었어."

그 함정은 나중에 합류한 자들이 만들었다.

그리고 결국, 그 계책은 성공을 거두었다.

"하지만 세 문파는 나중에서야 그 계책이 완벽한 성공을 거두지 못했다는 것을 깨달았네. '그들'의 제자들 중 젊은 자들 상당수가 함정에 빠지지 않았다는 것을 알게 되었거든."

가공할 무력을 지닌 '그들'의 복수!

세 문파는 그것이 너무 두려웠다. 언제 그들이 나타나서 자신들의 목을 칠지 몰라 전전긍긍했다.

그 두려움은 세월이 지나도 약해지지 않았다. 약해지기는커녕 더욱 단단하게 굳어서 가슴 깊숙이 똬리를 틀었다. 그만큼 '그들'은 두려운 존재였다.

더구나 세 문파는 태생적으로 가는 길이 달라서 서로에 대한 불신마저 점점 커졌다.

"그렇게 삼십여 년이 흘렀을 때…… 드디어 '그들'의 후예로 짐작되는 자들이 나타났지."

숫자는 백여 명에 불과했지만 모두가 절정 고수였다.

세 문파는 그동안 힘을 키워 왔음에도 그들과 싸우기 위해서 엄청난 피를 흘려야 했다.

그나마 다행히도 노력의 대가가 배신을 하지 않아서 천신만고 끝에 그들을 물리칠 수 있었다.

하지만 승리를 했음에도 두려움은 여전했다. '그들'이 또 언제 나타날지 모르는 것이다.

고민하던 세 문파는 결국 맹약을 맺어서 두 가지를 약속했다.

서로간의 불가침. 그리고 '그들'이 나타났을 때 반드시 동맹에 참여할 것.

"세 문파는 그 후 이름을 바꾸고 뒤로 물러나서 힘을 키우는 일에

만 전념했네."

"그들이 삼룡회란 말이군."

"그래. 당시 계책을 꾸몄던 천룡(天龍) 천수장(天手莊)은 천의산장으로, 무룡(武龍) 구양문(九陽門)은 구양신궁으로, 혈룡(血龍) 밀곡(密谷)은 은명곡으로 이름을 바꾸었지. 그리고 다른 세력을 내세운 후 배후에서 그들을 움직인 거네."

사운평은 의미를 알 수 없는 눈빛으로 허공을 보며 느릿하게 고개를 끄덕였다.

위지강의 이야기가 시작될 때부터 느낌이 왔다. '그들'이 누군지.

그리고 이야기가 끝날 즈음에는 확신이 선 상태였다.

'그래서 갑자기 사라진 건가?'

사부는 비천문의 과거사에 대해서 귀에 못이 박히도록 말했다. 하지만 자세한 내용은 사부도 알지 못했다.

사실 사부로선 그만큼이라도 알고 있는 것이 다행이었다. 능력이 부족했던 사조들로 인해서 하마터면 사문의 맥조차 끊길 뻔했던 살천류가 아닌가.

그런데 위지강에게 이야기를 듣다 보니 그때의 그 사건이 실에 꿰어진 구슬처럼 주르륵 연결되었다.

'그럼 그들의 후예들은 어떻게 되었을까?'

문득 그 점이 궁금해졌다.

무려 백 년이 넘었다. 왜 나타나지 않는 걸까?

모두 한날한시에 사라지지는 않았을 터. 어딘가에서 힘을 기르고 있지는 않을까?

그때 위지강이 충격적인 말을 했다.

"문제는 최근이다. 현재의 주인들은 예전과 달리 '그들'을 크게 두려워하지 않아. 그리고 욕심도 많지. 오랜 세월 키워 놓은 힘이 지나칠 정도로 강해졌거든."

눈을 든 사운평이 위지강을 주시했다.

"그들에게 다른 꿍꿍이라도 있단 말이야?"

"힘을 가진 자들은 자신이 지닌 힘을 어떻게든 쓰고 싶어 하지. 아마 이번 철마문의 일은 그들에게 아주 좋은 핑곗거리가 될 수 있을 거다."

"왠지 이야기를 듣는 것만으로도 으스스하군."

구광이 어깨를 후드득 떨었다.

강호 경험이 많은 그도 처음 듣는 이야기였다. 백 년 훨씬 전부터 지금까지 이어져 온 이야기거늘.

얼마나 철저히 비밀을 지켰으면 아는 사람이 거의 없을까.

"뭐, 두고 보면 알겠지."

사운평이 담담히 말하며 검지로 탁자를 툭툭 두들겼다.

아무도 그가 무슨 생각을 하고 있는지 몰랐다. 아마 알았다면 턱이 빠졌을 것이다. 아니면 눈이 튀어나왔든지.

'어느 쪽이든 잘만 이용하면 생각했던 것보다 더 큰 대박을 터트릴 수 있겠어.'

어차피 사운평에게 비천문의 나머지 네 유파는 남일 뿐이다.

그들이 언제 살천류를 도와준 적 있어?

사형제? 개 풀 뜯어 먹는 소리!

그들을 위해서 공짜로 뭔가를 해 줄 마음은 눈곱만큼도 없었다.

*   *   *

개봉까지 가는 동안 전형적인 가을 날씨가 이어졌다.

여행을 하기에는 정말 좋은 날씨였다. 여행의 이유가 즐겁지 않아서 문제일 뿐.

그래도 사운평은 기분 좋은 표정을 지으려 노력했다.

하지만 정주를 지나칠 때는 아무리 웃으려 해도 웃음이 나오지 않았다.

도도에 대한 이야기를 들은 바 있는 구광과 조연홍도 그런 사운평의 마음을 이해하고 최대한 숙연한 표정을 지었다.

사운평의 굳었던 표정이 돌변한 것은, 개봉을 삼십 리 정도 앞두고 작은 마을에 들렀을 때였다.

점심을 먹으려 객잔에 들어갔다가 아는 사람을 만난 것이다.

'억! 저게 누구야?'

객잔 안을 둘러보던 사운평은 뒷문 쪽에 앉아 있는 세 사람을 보고 가슴이 철렁 내려앉았다.

사람 좋은 웃음을 짓고 있는 노인과 대나무처럼 빼빼 마른 노인, 그리고 귀여운 소녀.

그들이었다. 언송초 조손과 풍죽괴.

서로 못 잡아먹어서 으르렁거리던 그들이 함께 있는 것이 아닌가.

사운평은 그들이 자신을 알아보기 전에 몸을 돌렸다.

자신이야 얼굴이 완전히 달라졌으니 크게 문제될 것은 없었다. 문제는 조연홍이었다.

물론 조연홍도 당시에 역용을 했었다. 하지만 워낙 특이한 몸매여서 얼굴이 약간 달라진 정도로는 저들을 완전히 속일 수 없을 것 같았다.

더구나 상대는 강호제일의 사기꾼 설편자가 아닌가.

사기꾼의 눈을 속이는 일은 일반 사람을 속이는 것보다 열 배는 더 어려웠다.

"다른 곳으로 가자."

사운평은 자신의 뒤에 바짝 붙어서 따라 들어온 조연홍을 밀듯이 밖으로 내몰았다.

사운평에 가려져 언송초 조손을 보지 못한 조연홍은 영문도 모르고 의아한 표정을 지었다.

"왜 그러십니까, 대형?"

"쉿, 아무 소리 말고 내 말대로 해."

그러나 사운평의 노력도 간발의 차이로 헛수고가 되고 말았다.

"어머! 혹시 연 공자 아니세요?"

언소소의 뾰족한 목소리가 객잔에 울렸다. 무척 반가워하는 목소리였다.

사운평과 조연홍은 조금도 반갑지 않았지만.

뒤늦게 사정을 깨달은 조연홍의 표정이 묘하게 일그러졌다.

"어떡하죠?"

"후우."

사운평은 일단 한숨부터 내쉬고는 전음으로 말했다.

『우리 얼굴은 역용했을 때와 다르다. 일단 모른 척 잡아떼고 그냥 나가자.』

조연홍도 마땅히 다른 방법이 없었다.

그래서 그냥 돌아서려는데 이번에는 풍죽괴의 카랑카랑한 목소리가 오랏줄처럼 그를 붙잡았다.

"오라, 너였구나. 그러잖아도 너를 못 만나 보고 보내서 서운했는데 여기서 만나는군. 그런데 얼굴이 조금 달라졌구나. 무슨 일이 있었던 거지?"

얼굴이 달라진 것까지 알아 버린 이상 잡아떼기도 어정쩡해진 조연홍은 사운평의 눈치만 봤다.

결국 사운평이 객잔 밖을 향해 뻗었던 발을 거두어들이며 돌아섰다.

"사람을 잘못 보신 모양입니다. 이 사람은 제 동생으로 연씨가 아니라 조씨입니다."

"응? 그래?"

풍죽괴가 의아해하면서 고개를 갸웃거렸다.

"그럼 즐겁게 식사하십시오. 가자, 아우."

사운평이 기회를 놓치지 않고 객잔을 빠져나가려 했다.

그때였다.

"켈켈켈. 그놈, 정말 제법인데?"

언송초가 괴이한 웃음을 흘리며, 신법을 펼쳐서 사운평이 있는 곳으로 죽 미끄러져 왔다.

피하기에는 늦은 상황. 사운평은 낯빛 하나 변하지 않고 그를 대했다.

"저를 아십니까?"

그 말투와 표정이 어찌나 자연스러운지 언송초조차 자신이 잘못 안 것 아닌지 잠시잠깐 헷갈렸다.

하지만 사운평을 빤히 바라본 그가 곧 씩 웃었다.

"하마터면 진짜 속을 뻔했군."

"무슨 말씀이신지?"

"아무리 역용에 능한 자도 이까지 손대는 자는 거의 없느니라. 그래서 나는 수상하게 여겨지는 놈을 만나면 이 모양부터 살펴보지."

사운평도 그 점을 잘 알고 있었다.

사실 천의산장으로 갈 때 마음먹었으면 이도 모양을 살짝 바꿀 수 있었다. 그러나 이를 손댈 경우 말할 때 어색하기 때문에 하지 않았던 것이다.

'확실히 사기꾼답게 별걸 다 살펴보는군.'

더 이상 속일 수 없게 되었지만, 사운평은 물러서지 않고 역공을 취했다.

"하하하, 확실히 노선배님답군요. 정말 놀라운 관찰력이십니다."

"나는 네가 더 놀랍다. 세상에 이 늙은이를 사기 치는 놈이 있다니. 이제 나도 한물 간 모양이다."

"예? 제가 언제 노선배님을 사기 쳤단 말씀입니까?"

"설마 천의……."

"잠깐."

사운평이 재빨리 말을 끊었다.

언송초도 자신의 실수를 깨닫고 말을 돌렸다. 이런 자리에서 천의산장을 들먹이는 것은 자신에게도 이익 될 일이 아니었다.

"나를 속였으니 그게 사기 친 게 아니면 뭐냐?"

"그건 사기 친 게 아니라, 신분을 밝힐 수 없어서 잠시 이름을 숨겼던 것뿐입니다."

"그게 그거……."

"이럴 게 아니라 가서 앉지요. 저희도 식사를 하려고 들어왔는데, 오늘 점심은 제가 사겠습니다."

당당하게 둘러댄 사운평은 언송초가 뭐라고 말하기 전에 안쪽으로 걸음을 옮겼다.

언송초는 어이가 없었지만, 그의 뒤를 따라가는 수밖에 없었다.

'정말 무서운 놈이군.'

그래도 겉으로는 담담한 웃음을 지었다.

"허허허, 젊은 친구가 예의는 바르단 말이야."

무공이 약하기라도 하면 몇 대 쥐어 패고 싶은데, 천의산장에서 그 난리를 피운 걸 보면 쉽게 혼낼 수 있는 놈도 아닌 듯했다.

조연홍과 구광은 어리벙벙한 표정을 지은 채 그들의 뒤를 따라 안으로 들어갔다.

특히 풍죽괴를 본 구광은 반쯤 혼이 빠진 표정이었다.

'저 노인은 강호사괴 중 풍죽괴잖아? 그럼 저 노인이 혹시…… 천하제일 사기꾼, 설편자 언송초?'

第五章

내 인내심을
시험하지 마

식사는 말 그대로 묘한 분위기에서 진행되었다.

설편자와 풍죽괴. 어울리지 않는 두 사람이 마주 앉아 있는 것만 해도 괴이한데, 귀여운 언소소와 **빼빼** 마른 조연홍, 낭인 같은 사운평, 인상이 험악한 구광까지. 하나같이 어울리는 사람이 없었다.

그 와중에 풍죽괴와 언소소는 틈만 나면 조연홍에게 말을 걸고, 설편자는 사운평의 움직임을 하나에서 열까지 주시했다.

구광은 묵묵히 식사를 하면서도 죽을 맛이었다. 이렇게 괴이한 분위기에서의 식사는 경험 많은 그도 처음이었다.

"그놈, 얼굴은 흑도에서도 한가락 하게 생겼는데, 눈빛은 맑군."

언송초가 처음으로 구광을 향해 말했다.

"잘 봐 주셔서 감사합니다, 언 노선배."

"호오, 눈치도 빠르고."

그때 사운평이 찻잔을 내려놓으며 물었다.

"두 분은 이제 화해하신 겁니까?"

"우리가 언제 싸우기라도 했나?"

"그렇게 좋은 사이는 아닌 것처럼 보였습니다만. 아! 남들 눈을 속이려고 그러셨나 보군요."

"속이려고 그런 것이 아니라, 그냥 서로 이견이 있었을 뿐이다."

언송초의 말에 풍죽괴가 코웃음 쳤다.

"흥! 이견은 무슨 이견? 네놈이 잘못한 거지."

"내가 무슨 잘못을 했다고 그러나? 허허허, 그 친구도 참."

"친구에게 사기 친 것이 잘못한 게 아니면 뭐가 잘못한 건데?"

"글쎄, 사기 친 것이 아니라니까 그러네."

사운평은 그제야 두 사람 사이가 여전하다는 걸 알았다.

그럼에도 함께 붙어 다니는 것을 보면, 자신이 이해할 수 없는 어떤 정이 두 사람 사이에 이어져 있는 듯했다.

"그때는 상황이 급박해서 어쩔 수 없이 인사도 못 드리고 떠났습니다. 그 일로 불편을 겪었다면 죄송합니다. 노선배님."

"미안할 것 없네. 우리도 자네 뒤를 따라서 바로 떠났으니까."

"그러셨습니까?"

"강호에서 오래 살려면 눈치가 빨라야 하지. 사기꾼인지 아닌지도 잘 분간해야 하고. 요즘은 젊은 놈도 사기꾼이 많거든. 허허허. 그런데 진평이 진짜 자네 이름인가?"

"하하, 아닙니다. 제 본이름은 사평입니다. 좌우간 노선배님의 말씀이 맞습니다. 그래서 저도 당할까 봐 매사에 조심했지요."

"허허허, 정말 철저한 젊은이군."

언송초는 겉으로 웃으면서 속으로는 구시렁거렸다.

'그놈, 끝까지 지지 않는군. 그리고 보니 사평도 본이름이 아닌 것 같아.'

'내가 어디를 봐서 사기꾼처럼 보여? 늙은이가 사기꾼이지.'

두 사람의 신경전이 불꽃을 튕기고 있는데, 이번에는 언소소가 나섰다.

"근데 진 공자, 아니 사 공자. 그날 무슨 일이 있었던 거예요?"

사운평은 마음을 가다듬었다.

그는 순진하게 보이는 그녀의 머릿속에 여우 열 마리가 들어 있다는 걸 알고 있었다. 어찌 보면 언송초보다 더 조심해야 할 존재가 그녀였다.

"내원에서 소란스런 일이 벌어져서 혹시 몰라 일단 빠져나갔는데, 나중에 알고 보니 이 소저가 사라졌다지 뭐요. 어지간히 주호정과 혼인하기 싫었나 보더구려."

자신은 그 일이 무척 기분 좋았다.

하지만 언소소는 그다지 기분 좋은 표정이 아니었다. 그녀는 다른 일을 알고 싶었으니까.

"그 일 말고요."

"그 일 말고? 글쎄? 다른 것은 저도 잘 모르겠소, 소저."

사운평이 어리둥절한 표정으로 말하자, 언소소가 빙그레 웃었다.

"그럼 조 공자는 그날 밤에 어디 가신 거였어요?"

"뒷간에 갔던 거였소."

"상당히 오래 돌아오지 않았잖아요."

"그야 변비가 있었다고 하더구려. 알지 모르겠지만 몸이 마른 사람은 아무래도 변비가 심한 경우가 많소."

"그 말은 맞다. 나도 그러거든."

무슨 상황인지 알지도 못하면서 풍죽괴가 고개를 끄덕였다.

언소소가 그를 향해 입을 삐죽이고는 직설적으로 물었다.

"나중에 들으니까, 산장에서 뭘 잃어버렸다고 해요. 저는 그게 뭔지 모르겠어요. 조 공자나 사 공자라면 알 것 같은데요."

"소저도 참, 내가 그걸 어떻게 알겠소? 빠져나가기 바빴는데. 연홍, 너는 알아?"

"예? 제가 뭘요?"

조연홍이 당황해서 되물었다. 그런데 오히려 그 모습이 억지로 부정하는 것보다 더 자연스러웠다.

사운평은 내심 쾌재를 부르며 언소소에게 말했다.

"모르는 것은 모르는 거요, 소저. 그보다 여기는 어쩐 일이오?"

"아는 분을 만나러 가는 길이에요."

"저 두 분이 함께 가시는 걸 보니 대단한 분을 만나러 가시는가 보군요."

"어떤 면에서는 대단한 분이죠."

"뉘신지 알려 줄 수 있소?"

"그건 제가 대답하기 좀 그러네요. 잘못하면 그분께 폐가 될지 몰라서요."

"하하하, 곤란하다면 물어보지 않겠소. 사실 대답하기 곤란한 질문을 하는 것도 큰 실례인 법이죠."

'네가 자꾸 나를 몰아붙이는 것도 큰 실례다.' 그런 뜻이 담긴 말이었다.

구미호 같은 언소소가 그 말뜻을 왜 모를까.

'피이, 좌우간 보통 잔머리를 잘 굴리는 게 아니라니까. 몇 년 만지나면 할아버지보다 더하겠네.'

그녀는 속으로 투덜거리며 화제를 돌렸다.

"근데 사 공자는 어디를 가시는 길인가요?"

"개봉에 가는 길이오."

순간적으로 언소소의 눈빛이 반짝였다.

"개봉에는 무슨 일로 가는 건데요?"

"봉화점을 찾아가는 중이오. 가죽으로 노리개 같은 걸 만드는 곳인데, 듣기로는 그곳에서 만든 물건이 명품으로 소문났다고 하더군요."

언소소도 여자였다. 호기심 많은 소녀. 그녀는 명품 노리개 이야기가 나오자 눈빛을 반짝였다.

"저도 봉화점 이야기는 들어봤어요. 근데 그곳에는 왜 가는 건가요?"

"뭐 좀 알아볼 게 있어서 가는 중이오. 마음에 드는 물건이 있으면 구할 마음도 있고."

"어머? 정말요?"

"그렇소. 아! 그러고 보니 전에 한 약속을 깜박했소. 이번에 가면 소저에게 줄 물건도 하나 구해 봐야겠소."

뾰루퉁했던 언소소의 얼굴이 환하게 펴졌다.

"고마워요. 봉화점 노리개, 정말 갖고 싶었는데."

그것으로써 사운평은 한 가지 사실을 더 알 수 있었다.

구미호는 보석도 좋아하지만 명품 노리개 역시 좋아한다는 걸.

"그런데 만나려는 분도 개봉 근처에 사시오?"

"얼마 떨어지지 않은 곳에 사세요. 그런데 사 공자가 노리개를 구하면 제가 어떻게 받죠? 아무래도 만나야 받을 수 있을 것 같은데요."

"멀지 않은 곳에 가시는 거라면 어려울 것도 없소. 내가 사 놓으면 소저가 봉화점으로 가서 찾아가면 되지 않겠소?"

"정말 그렇게 하면 되겠네요. 알았어요. 그럼 제가 가서 찾아갈게요."

언소소가 밝은 웃음을 지으며 대답하는데, 객잔으로 일단의 무사들이 들어왔다.

모두 여덟 명. 짙은 청색 무복을 입은 그들은 정광이 일렁이는 눈빛으로 객잔을 둘러보았다.

풍죽괴가 그들을 보고 이마를 찌푸렸다.

"네놈 때문에 차분히 식사하기도 힘들군."

고개를 슬쩍 돌려 뒤를 돌아본 언송초가 자리에서 일어났다.

"그만 가자."

그때 삼십 대 장한 하나가 사운평 일행을 쳐다보더니 눈을 치켜떴다.

"사기꾼 영감이 저기 있다! 잡아라!"

장한의 명령이 끝나기도 전에 언송초 일행은 뒷문 쪽으로 빠져나갔다.

'젠장, 뒷문 쪽에 앉은 것도 이유가 있었군.'

"우리도 가는 게 좋겠어."

사운평 등도 즉시 언송초 일행을 따라서 뒷문을 나섰다.

언송초와 풍죽괴는 객잔에 들어온 자들이 두려워서 도주한 것이 아니었다.

그자들은 개봉 일대에서 명망 높은 검성장(劍聖莊)의 무사들이었다. 세력은 크지 않아도 강호인들로부터 존경받는 검성(劍聖) 사마청우가 주인인 곳.

강호사괴도 대단한 사람들이지만, 사마청우에 비하면 한 수 아래였다.

개봉에서 볼일이 있는 사운평 역시 귀찮은 일이 생기는 것은 최대한 자제해야 했고.

언송초 일행과 사운평 일행은 오 리를 달려서야 검성장 무사들을 따돌릴 수 있었다.

추적이 없음을 확인한 사운평이 언송초에게 물었다.

"검성장에서 왜 두 분을 잡으려고 설치는 겁니까?"

"그럴 일이 좀 있네. 사실 별일도 아닌데 저러는군."

"무슨 일인데……?"

"올 여름에 천년산삼을 하나 캐서 검성장에 판 적이 있네."

사운평의 눈이 휘둥그레졌다.

"천년산삼요?"

"그래. 그런데 팔고 나서 나중에 생각해 보니 도라지 같더군. 그래서 다시 찾아가 사실대로 말해 주었는데 저 난리지 뭔가. 도라지도 팔뚝만 한 크기면 몸에 좋은데 말이야."

"돈은 산삼 값을 받았겠군요."

"물론이지."

"차액을 돌려줬습니까?"

"내가 미쳤나? 그걸 왜 돌려줘? 캐느라 얼마나 힘들었는데."

"돈을 안 돌려주니까 저렇게 잡으려고 하는 것 아닙니까?"

"꼭 그 이유 때문만은 아니네."

"그럼……?"

"필요할 때 쓰려고 도라지를 아꼈던 모양이네. 그런데 몇 달이 지나면서 속이 썩었나 봐. 검성장주의 부인이 그걸 달여 먹고서 병이 났지 뭔가."

"도라지인 줄 알고도 그렇게 오래 놔두었단 말입니까?"

"천년삼이 아니란 것은 한 달 전에 알았지. 내가 워낙 바쁘다 보니 그 말을 한 달 전에야 해 줬거든."

그럼 그렇지.

사운평은 더 이상 묻지 않았다. 묻지 않고도 어떻게 된 상황인지 머릿속에서 선명하게 떠올랐다.

'결국 검성장에 도라지를 천년산삼으로 둔갑시켜서 사기 쳤단 말이군.'

*   *   *

개봉을 오 리 남겨 두고 언송초 일행과 작별한 사운평은 곧장 개봉으로 들어갔다.

사람들에게 물어보니 봉화점은 남문 근처에 있다고 했다. 사운평은 조연홍, 구광과 함께 봉화점으로 향했다.

봉화점은 입구부터 상당히 고급스럽게 치장되어 있었다.

들락거리는 사람들 중 상당수가 비단옷을 입고 멋을 한껏 낸 귀부인이거나, 첩인지 딸인지 모를 정도로 나이 차이가 많이 나는 여인들과 함께 돈 자랑하고 싶어서 나온 졸부, 잔뜩 거드름을 피우는 고관대작이었다.

그런 곳에 낭인 차림의 사운평과 조연홍, 인상이 흑도 건달 찜 쪄먹을 구광이 들어가니 자연스럽게 사람들의 시선이 집중되었다.

당연히 우호적인 시선은 눈을 씻고 봐도 없었다.

거지를 보는 눈길이랄까?

무서워서 피하는 게 아니라 더러워서 피한다는 마음이 그대로 드러나 있는 표정들이었다.

'제길, 이런 곳인 줄 알았으면 다른 방법으로 찾아왔을 텐데.'

밤중에 몰래 찾아오든가.

사운평이 짜증 난 표정을 지은 채 안쪽의 건물로 걸어가는데, 말끔한 복장을 입은 청년이 빠른 걸음으로 다가왔다.

"무슨 일로 오셨습니까?"

"물건도 좀 사고, 물어볼 것도 좀 있어서."

청년은 사운평 등의 옆구리와 등에 도검이 매달린 것을 보고 조심스럽게 말했다.

"우리 봉화점의 물건이 비싸다는 것은 알고 오셨는지 모르겠군요."

"물론 알고 왔지."

"적어도 은자 열 냥은 있어야 노리개 하나를 살 수 있습니다."

"안다니까?"

사운평이 짜증 내듯이 대답하자 청년의 표정이 굳어졌다.

아무리 봐도 물건을 사러 온 놈들 같지가 않았다.

낭인 주제에 은자 열 냥을 동전 열 푼처럼 대하는 것만 봐도 속이 뻔히 보였다.

아무래도 흑도 놈들이 돈을 뜯으러 온 듯했다.

가끔 그런 자들이 들르곤 했는데, 그들 중 몸 성하게 돌아간 놈은 몇 안 되었다.

'미친놈들. 여기가 어딘 줄 알고 함부로 설쳐?'

청년은 낭인 일행을 정해진 규칙에 따라서 처리하기로 했다.

"그럼 저를 따라오시죠. 한쪽으로 가서서 필요한 물건에 대해 미리 들어보도록 하지요."

그런데 사운평이 그 자리에서 움직이지 않았다.

"나는 저기 들어가서 물건을 사고 싶은데? 그리고 내가 궁금해하는 거, 당신이 다 알려 줄 수 있어?"

"제가 아는 한도 내에서 말씀드리겠습니다."

"이상한 놈들 끌고 오려는 건 아니고?"

"무슨 말씀이신지?"

"가끔 보면 엉뚱한 생각하는 사람들이 많거든. 저 죽을 줄도 모르고 말이지. 좀 비켜 주겠어? 내가 좀 바빠서 말이야."

사운평이 차갑게 씩 웃으며 말하고는 건물 안쪽으로 걸음을 옮겼다.

청년이 다시 앞을 가로막았다.

"그 복장으로는 들어갈 수 없습니다."

"복장?"

사운평이 불쑥 손을 뻗어서 청년의 목을 움켜쥐었다. 무공을 익히지 않은 청년이 피하기에는 너무 빠른 손짓이었다.

"컥, 컥, 컥."

"이 옷이 어때서? 여긴 사람을 옷 보고 판단하는 곳인가?"

사운평은 청년의 목을 잡고 흔들며 말했다.

얼굴이 시뻘게진 청년은 숨도 제대로 못 쉬고 컥컥대기만 했다.

그때 건물 한쪽에서 대여섯 명이 우르르 몰려나왔다.

깨끗한 무복 차림을 한 무사들. 아마도 봉화점의 경호 무사들인 듯했다.

그들 중 사십 대 초반 정도로 보이는 중년인이 눈에 힘을 주고 소리쳤다.

"무슨 짓이냐? 손을 놓아라!"

사운평은 목을 잡고 있던 청년을 그 중년인을 향해 휙 던졌다.

갑자기 날아든 청년을 받아 든 중년인은 뒤로 서너 걸음 물러선 후, 겨우 중심을 잡고 사운평을 쳐다보았다.

사람을 한 손으로 가볍게 던지는 것은 쉬운 일이 아니다. 더구나 그 사람에게 자신의 기운을 심는 것은 더욱 어려운 일이다.

중년인은 그제야 사운평이 평범한 낭인 건달이 아님을 깨닫고 침중한 목소리로 물었다.

"나는 봉화점의 경호 조장인 이엽이라고 한다. 너희들은 누군데 이곳에 와서 소란을 피우는 것이냐?"

"소란? 우린 볼일이 있어서 안으로 들어가려는 것뿐이야. 그런데 그자가 앞을 막았지. 우리 옷이 마음에 안 들었나 봐."

"이곳은 높은 분이 많이 오는 곳이다. 복장에 대해서도 어느 정도는 규제를 하고 있지."

"그래? 그건 미처 몰랐군. 알았으면 근사한 옷을 한 벌 사 입고 오는 건데 말이야. 그런데 어쩌지? 다시 나갔다 오기는 싫은데."

이엽도 난감했다.

손님들이 많이 오가는 시각. 이곳에서 만만치 않은 실력을 지닌 자들과 한바탕 싸움을 벌일 수는 없었다.

그렇다고 해서 그냥 들여보낼 수도 없고.

그가 고민하고 있는데, 덩치가 곰처럼 생긴 삼십 대 장한 하나가 거만한 표정으로 말하며 나섰다.

"제가 처리하겠습니다, 조장님."

이엽은 그를 말리려다가 생각을 바꾸었다.

"네가 이 친구를 이긴다면 내가 책임지고 안으로 들여보내 주지. 어떠냐?"

일대일 대결이라면 소란을 최소화할 수 있을 터. 현재로선 최선의 방법이었다.

사운평도 반대하지 않았다. 그러잖아도 자신들을 벌레 보듯 쳐다보는 눈길을 대하고 속이 뒤틀어진 그였다.

"그것도 괜찮은 방법이군. 어이, 돼지. 덤벼 봐."

"이 개자식이!"

덩치 큰 장한은 진짜 곰처럼 소리를 내지르며 달려들었다.

사운평은 장한을 정확히 이십 대만 때렸다.

몸뚱이가 넓어서 때릴 곳이 많았지만, 장한이 일어날 생각을 하지 않자 주먹질을 멈췄다.

"살이 많으니 뼈와 뼈가 부딪치지 않아서 좋군. 아주 좋은 몸이야."

사운평은 장한의 살 많은 몸뚱이에 찬사(?)를 보내고는 이엽을 바라보았다.

"이제 당신이 약속을 지킬 차례인 것 같은데?"

이엽은 놀란 마음을 겨우 진정시켰다.

장한이 비록 고수는 아니지만 나름대로 이류 수준은 되는 자였다. 그런 자가 손 한 번 써 보지 못하고 오뉴월에 개 맞듯 두들겨 맞다니.

'건들지 않기를 잘했군.'

속으로 가슴을 쓸어내린 그가 말했다.

"굳이 전부 들어갈 필요는 없을 것 같네만."

사운평도 그 정도는 양보했다.

"연홍, 구 형과 함께 여기서 기다려."

사운평이 우여곡절 끝에 건물 안으로 들어가자, 한 여인이 그를 맞이했다.

장한을 팰 때는 사나운 호랑이 같던 사운평이 순한 고양이가 되었다.

여인은 삼십 대 중반의 미부였는데, 기품이 느껴질 정도로 아름다웠다.

'꼭 도도 누나 같군.'

그런데 조금 이상했다. 그녀 역시 밖에서 벌어진 일을 알고 있을 텐데도 고요한 표정이었다.

그녀뿐만이 아니었다. 손님을 상대하는 여인이 둘 더 있었는데 그녀들도 태연했다.

사운평은 그 모습을 보고 봉화점에 대한 생각을 수정했다.

'이거 평범하게 노리개나 파는 곳이 아닌 것 같은데?'

호위장이라는 이엽도 일류 고수였다. 노리개나 파는 곳이 그런 고수를 호위로 쓴다는 것부터가 이상했다.

물론 상인들 중에서는 도난 방지와 질서를 지키기 위해서 무사를 고용하는 자들이 많았다. 그래도 일류 고수를 쓰는 곳은 흔치 않았다.

더구나 이곳에는 이엽은 일개 조장. 그 정도의 고수가 몇 명 더 있다는 말이었다.

"무슨 일로 오셨나요?"

미부가 사운평에게 물었다.

사운평은 일단 필요한 노리개부터 사기로 했다.

아무래도 물건을 팔아 주면 나중에 질문을 해도 좀 더 성의껏 대답해 주지 않겠는가?

"열일고여덟 살짜리 여자가 좋아할 만한 노리개 좀 보여 주시오."

미부가 묘한 눈빛으로 사운평을 보면서 다시 물었다.

"가격은 어느 정도 생각하고 있으신가요?"

"은자 오십 냥에서 백 냥 사이."

미부의 눈이 커졌다.

낭인이 그런 거금을 노리개 하나 사겠다고 쓰려 하다니.

정말 물건을 사기 위해서 온 걸까?

그녀는 의심이 들었지만 일단은 사운평의 말대로 물건을 내왔다.

그녀가 가져 온 상자에는 화려하고, 예쁘고, 귀엽게 생긴 온갖 노리개가 다 담겨 있었다.

"연인에게 줄 선물인가 보죠?"

미부가 은근한 어조로 물었다.

'연인? 이 아줌마가 미쳤나?'

사운평은 속으로 투덜거리다가 멈칫했다.

'가만? 연연이 줄 것도 살까? 에이, 연연이는 좋아하는 남자 찾아서 도망갔는데, 뭐. 아냐, 그래도 나중에 만나서 주면 좋아할지 모르는데…….'

잠시 갈등하던 그는 노리개 하나를 집어 들었다.

"이건 얼마요?"

"칠십 냥입니다."

"이건?"

"오십 냥만 내세요."

"그럼 이건?"

"원래 그것도 오십 냥인데, 사십 냥만 주세요. 이 중에서는 저렴한 편이죠."

사운평은 자신이 골라 놓은 노리개를 쓱 둘러보고는, 에라 모르겠다는 심정으로 말했다.

"세 개 따로따로 싸 주쇼."

미부의 눈이 동그래졌다.

"전부 다요?"

"대신 싸게 해 주쇼."

하나는 이연연, 하나는 언소소에게 줄 생각이었다.

하나를 더 산 것은 초혜 때문이고. 나중에 맛있는 요리를 맘껏 얻어먹으려면 뇌물로 노리개 하나쯤 주는 것이 좋을 듯했다.

물론 칠십 냥짜리가 이연연 거였다.

"좋아요. 그럼 백오십 냥만 내세요. 그런데 대금은 어떻게 결제하실 건가요? 저희 봉화점은 외상이 안 됩니다만."

"이십 냥만 더 깎죠."

"백오십 냥도 싸게 드리는 것……."

탕.

사운평이 미부의 말을 끊으며 열 냥짜리 금원보를 꺼내 내놓았다.

설마 했던 미부의 얼굴이 단번에 밝아졌다.

"알았어요. 그렇게 하지요. 젊은 분이 연인을 위해 사려는 건데 저도 최대한 맞춰드려야죠. 호호호."

이번에는 사운평도 기분이 나쁘지 않았다. 연연이 것도 샀으니까.

그는 사십 냥짜리 노리개를 검지로 가리켰다.

"이건 여기다 맡겨 놓고 갈 거요. 언씨 성을 쓰는 소녀가 찾으러 오면 주쇼."

사운평이 본론을 꺼낸 것은 미부가 노리개 세 개를 정성껏 포장한 후였다. 마침 전각 안에 있던 손님도 모두 나가서 조용했다.

"한 가지 물어볼 것이 있소."

"말씀해 보세요."

사운평은 가죽 주머니를 꺼내 내밀고 단도직입적으로 말했다.

"이 주머니, 이곳 물건이오?"

미부는 사운평이 내민 가죽 주머니를 보고 고개를 끄덕였다.

"맞아요."

"언제, 누구에게 판 것인지 알 수 있소?"

여인은 대답을 미루고 가죽 주머니를 들어서 자세히 살펴보았다.

"이 주머니는 소맹이 만든 거군요. 하지만 이와 같은 물건은 많이 만들어져서 사 간 사람에 대해 아는 것이 쉽지 않을 거예요."

"만약 내가 짐작 가능한 사람이나 단체에 대해서 말해 준다면?"

"그렇다면 알 수 있는 가능성이 훨씬 높아지죠."

"누구에게 말해야 하오?"

"죄송하지만 설령 안다 해도 봉화점의 방침상 물건을 사 간 손님에 대해서는 말해 줄 수 없어요."

"누구에게 말해야 하오?"

"우린 손님에 대한 비밀을 지켜야 할 의무가 있어요."

"누구에게 말해야, 그 가죽 주머니를 사 간 사람에 대해 알 수 있소?"

반복되는 사운평의 목소리가 갈수록 싸늘해졌다.

미부도 심상치 않음을 느꼈는지 미소 띤 표정이 굳어졌다.

"공자가 아무리 그러셔도 말씀해 드릴 수 없어요."

"나는 그 가죽 주머니와 관련된 자를 찾기 위해서 이미 많은 사람을 죽였소. 몇십 명 더 죽인다 해도 눈 하나 깜짝하지 않을 거요."

"너무 무서운 말씀을 하시는군요."

여인의 목소리가 잘게 떨렸다. 그럼에도 쉽게 굽히지 않고 사운평을 똑바로 바라보았다.

사운평도 물러서지 않고 더욱 강하게 밀어붙였다.

"이곳에 있는 호위 무사들로는 내 뜻을 막을 수 없소. 봉화점 사람들을 다 죽여야 사실을 알아낼 수 있다면 그렇게 할 거요. 부탁하건데…… 날 살인귀로 만들지 말아주시오."

사운평의 목소리에서 공포심을 느낀 여인의 얼굴이 창백해졌다.

그때 냉랭한 목소리가 입구 쪽에서 들렸다.

"원하는 물건을 샀으면 조용히 가게나. 여긴 자네 같은 낭인이 설칠 곳이 아니야."

그 말이 끝날 즈음에는 목소리의 주인이 탁자 바로 옆까지 다가왔다.

사운평은 천천히 고개를 돌려서 그자를 쳐다보았다.

사십 대 중반의 중년인이었다. 겉으로 풍기는 기운만 봐도 조금 전의 이엽보다 고수였다.

그는 한 손에 검을 들고 있었는데 엄지손가락이 검격 밑에 있었다.

그대로 엄지손가락을 밀면 검날이 튀어나올 터, 보다 빠른 발검을 위한 기본 자세였다.

"그 칼, 뽑으면 당신 키가 한 자는 줄어들 거다. 웬 줄 알아? 머리가 떨어질 거거든."

생각지도 못한 말에 중년인의 얼굴이 일그러졌다.

"이런 건방진 놈이⋯⋯."

철컥.

화가 난 중년인이 엄지손가락으로 검격을 밀어 올렸다.

찰나였다.

번쩍!

한 줄기 번개가 탁자 밑에서 솟아났다.

중년인은 우수로 막 검병을 잡고 검을 뽑으려다 몸이 굳어졌다.

언제 뽑혔는지 보지도 못했거늘, 그의 코앞에 날이 시퍼렇게 선 칼이 있었다. 아지랑이 같은 도기를 흘리면서.

"충고하는데, 내 인내심을 시험하지 마. 경고는 한 번뿐이야. 인생도 한 번뿐이고. 다음에는 진짜 목이 떨어질 거다."

차가운 목소리로 나직이 말한 사운평은 도를 회수했다. 상대가 검을 뽑든 말든 상관없다는 듯.

중년인은 빤히 보면서도 검을 뽑을 수 없었다.

조금 전 본 거짓말 같은 쾌도가 대항할 의욕조차 앗아가 버린 것이다.

사운평은 그에게서 고개를 돌리고 미부에게 다시 물었다.

"이제 말해 보시오. 누구에게 물어보면 되오?"

미부는 경호 책임자마저 사운평에게 꼼짝 못하자 더 이상 버티지 못했다.

"도대체 어떤 사연이 있기에…… 많은 사람을 죽여서라도 매수자를 알아내겠다는 건가요?"

"내 누나를 죽인 개 같은 놈을 잡기 위해서요. 그놈 때문에 여인 수십 명이 불에 타서 죽었소. 나는 그자를 지옥 끝까지 쫓아가서 잡을 거요. 그런데 그놈을 잡으려면 일단 가죽 주머니를 사 간 사람부터 알아야 하오."

그제야 사연을 알게 된 여인의 눈빛이 거세게 흔들렸다.

봉화점의 절대적인 영업방침 중 하나가 매수자의 비밀을 반드시 지켜 준다는 것이다.

이유는 간단했다. 고가의 물건이다 보니 뇌물로 거래될 때가 있기 때문이다.

그러나 아무리 절대적인 방침도 사람의 목숨보다 중요할 순 없었다.

상대는 복수의 광기가 활활 타오르는 자. 봉화점이 피로 뒤덮인 후에 방침이 무슨 소용이란 말인가.

더구나 여인들을 불에 태워 죽인 살해범을 잡기 위함이라고 하니 마음의 부담도 덜했다.

한편으로는 그 살해범에 대해서 은근히 화도 났고.

여인은 고심 끝에 결정을 내리고 한숨을 내쉬었다.

"후우, 좋아요. 저에게 말하세요. 최근 오 년 동안의 거래는 제가 책임지고 처리했으니까요."

사운평도 눈빛을 가라앉히고 담담한 목소리로 입을 열었다.

"잘 생각하셨소. 먼저…… 검천성 쪽에서 이런 가죽 주머니를 사 간 적이 있소?"

여인은 눈을 좁히고 기억을 더듬더니 천천히 고개를 저었다.

"검천성에서 몇 가지 물건을 사 간 적은 있어요. 그중에는 가죽 주머니도 있죠. 하지만 소맹이 만든 가죽 주머니를 사 간 적은 없어요. 그들은 미향이 만든 것을 좋아했으니까요."

그럼 정말 주호정이 아니란 말인가?

사운평이 미간을 찌푸리고 있는데 미부가 몇 마디 덧붙였다.

"이 가죽 주머니는 여자가 아니라 남자들이 주로 쓰죠. 그리고 젊은 사람들보다는 사오십 대 중년의 나이인 분들이 좋아해요."

사오십 대 중년인?

문득 한 사람이 떠올랐다.

아니었으면 하지만 실제로 가능성이 가장 큰 사람 중 하나였다.

"그럼…… 혹시 정주의 이가장에서 사 간 적이 있소?"

여인이 잠시 생각하더니 천천히 고개를 끄덕였다.

"삼 년 전에 오셔서 여러 가지 물건을 사 간 적이 있어요. 그중에 이런 가죽 주머니가 있었던 것 같긴 한데…… 잠깐만요. 제가 장부를 확인해 보겠어요."

봉화점을 나선 사운평은 마음이 무척이나 심란했다.

'젠장!'

미부가 장부를 본 결과 이가장에서 가죽 주머니를 사 간 것으로 확인되었다. 이청산이 딸들에게 선물할 물건을 사면서 함께 산 것이다.

물론 그 가죽 주머니가 반드시 이청산이 산 것이라고 볼 순 없었다. 소맹은 그와 비슷한 물건을 열 개 이상 만들었다고 했으니까.

다만 사 간 사람 중 그 일과 연관이 있을 만한 사람은 이청산뿐이라는 게 문제였다.

'정말 이청산이라면 어떡하지?'

이청산의 마음을 이해하지 못할 것은 없었다.

딸이 납치당해서 죽었는지 살았는지 모르는 상태였다. 그 상태에서 어떤 부모가 제정신이겠는가? 아마 자신이었다 해도 반쯤 미쳤을 것이다.

하지만 아무리 그렇다 해도 도도 누나와 기녀들을 죽이라고 하다니.

그녀들이 무슨 죄란 말인가!

한편으로는 달리 생각해 볼 수도 있다.

어쩌면 청부가 한 단계를 거치는 바람에 본래의 뜻과는 다르게 전달되었을지도 모른다.

기루를 불태우고 기녀들까지 죽인 것은 적등산의 지나친 살심 때문일 수도 있지 않을까?

'양천이란 자에게 확인해 보면 알 수 있겠지.'

第六章

도움이 필요하지 않수?

　사운평 일행은 바로 개봉을 출발했다.

　강호 상황이 언제 터질지 모르는 화산과 같았다. 유유자적 여행이
나 하기에는 마음의 여유가 없었다.

　봉화점을 나온 이후 사운평이 별다른 말도 하지 않고 심각한 표정
만 짓고 있자, 구광이 분위기를 살리기 위해서 넌지시 대화의 물꼬를
텄다.

　"운평, 검천성과 철마문이 전쟁을 벌인다고 봐야겠지?"

　"그럴 거요."

　"천의산장도 나설까?"

　"그러겠죠."

　"한바탕 난리가 나겠군."

　"당연하죠."

사운평이 뚝뚝 끊어서 짤막하게 대답하자 분위기가 살아나지 않았다.

결국 구광이 작심하고 승부수를 띄웠다.

"혹시 말이야. 주호정이 죽은 거, 자네가 죽인 거 아닌가?"

사운평은 바로 대답하지 않고 묵묵히 걷기만 했다.

조연홍도 힐끔 눈치를 보기만 했을 뿐 아무 말도 하지 않았다.

"나는 그가 철마문 놈들에게 죽었다는 게 이해되지 않네."

구광이 다시 입을 연 후에야 사운평이 반응을 보였다.

"왜 이해되지 않는다는 거요?"

"내가 아는 자네라면 그들이 주호정을 죽이도록 놔두지 않았을 것 같거든."

"내가 어때서 그런 생각을 한 거요?"

"남들이 보면 어설픈 것 같아도, 끈질기고 철저한 사람이 자네야. 복수를 남의 손에 맡길 사람이 아니지. 그런데 근처에 있으면서도 가만 놔두었다는 게 아무리 생각해도 이해가 안 돼."

어차피 사운평도 속이려고 말하지 않은 것이 아니었다. 그저 마음에 부담을 주고 싶지 않았을 뿐.

그리고 비밀은 아는 사람이 적어야 좋았다.

"주호정은…… 정말 내가 죽이지 않았습니다."

"정말인가?"

"연홍이 죽였죠."

"……?"

구광은 어리둥절한 표정을 짓고, 조연홍은 사운평을 째려보았다.

"대형이 죽이라고 했잖아요."

"좌우간 내가 죽인 건 아니잖아."

"저는 대형에게 이미 반쯤 죽은 사람의 숨통만 끊었을 뿐이라고요."

"누가 뭐래?"

"대형이 그렇게 말씀하시니까, 꼭 저 혼자 그를 죽인 것 같잖아요."

"어쨌든 숨통을 끊은 것은 너잖아."

"그건 그렇지만……."

"됐다. 누가 죽였으면 어때? 중요한 것은 주호정이 죽었다는 거지. 그리고 설마 구 형이 그 사실을 발설하겠냐? 너무 걱정 마."

"누가 발설할까 봐 걱정한데요?"

"나는 걱정하는 줄 알았지. 아니라면 더 말할 것도 없네, 뭐."

상황이 조금 이상하긴 해도, 어쨌든 구광의 뜻대로 분위기가 제법 살아났다.

"사실 주호정이 아니라도 우리로선 극도로 조심할 수밖에 없는 상황이네. 난문도해도 그렇고, 위지강까지 우리 쪽에 있지 않은가?"

"그건 구 형 말씀이 맞습니다. 그 일만 저들이 알아도 우리를 잡아 죽이려고 환장하겠죠."

"그런데 나는 천의산장이 본격적으로 나설 경우 신궁과 은명곡이 어떻게 나올지 궁금하네."

사운평도 그 점이 궁금했다.

천의산장은 복수를 빌미로 강호 활동을 본격화할 가능성이 컸다.

'영호 노선배도 그걸 걱정했지.'

그럴 경우 신궁과 은명곡이 구경만 할까?

그리고 만약 삼룡회가 모두 강호에 나오면 '그들', 비천문의 후예들은 또 어떻게 반응할까?

그들이 아직도 존재한다면 말이다.

'정말 복잡해지겠군.'

다만 분명한 것은 많은 피가 흐를 거라는 점이다. 강호의 대지가 질 퍽거릴 정도로.

"아마 그들도 기다렸다는 듯 나올 겁니다. 맹약이 깨진 이상 숨어 지낼 이유가 없는 거죠."

사운평은 나직이 대답하며 하늘을 바라보았다.

붉게 타오른 석양이 서산 위로 떨어지고 있었다. 오늘따라 왠지 섬 뜩한 느낌이 들 정도로 진한 핏빛이었다.

'누가 이기든 상관없어. 한번 머리 터지게 싸워 보라지?'

그때였다.

저 멀리 앞쪽에서 병장기 부딪치는 소리가 들렸다.

"어떤 놈들이 또 싸움질이야?"

"여러 사람이 싸우는 것 같은데요?"

소리가 점점 가까워졌다.

사운평 일행이 가는 방향이기 때문만은 아니었다. 소리 나는 곳과 가까워지는 속도가 그들이 걷는 것보다 더 빨랐다.

"싸우면서 이쪽으로 오는 모양이군."

사람 키를 넘는 잡초와 갈대들이 무성해서 싸우는 자들이 보이지는 않았다. 그러나 자신들이 있는 곳으로 오는 것은 분명했다.

길을 따라 오십여 장을 전진하자 싸우는 자들의 모습이 보였다.

싸우는 자들은 모두 열 명.

갈의인 일곱이 청의인 셋을 공격하고 있는 형국이었다. 그런데 공격당하는 셋 중 하나는 부상이 심한 듯 움직임이 둔했다.

'흠, 제법인데?'

공격하는 자나 방어하는 자나 보통 실력이 아니었다.

공방이 벌어질 때마다 그들 주위의 풀이 가루가 되어서 허공에 흩날렸다. 단순히 무기에 베어져서 그런 것이 아니라 기에 휘말려서 가루처럼 부서진 것이다.

'어쩐지 무기 부딪치는 소리에 강한 힘이 실려 있다 했더니…….'

사운평은 이마를 찌푸리고 그들을 주시했다.

지금은 남의 싸움에 끼어들 기분이 아니었다. 그런데 왠지 모르게 기분이 찜찜했다.

"굉장히 강한 자들인데요?"

조연홍이 놀란 표정으로 말하자, 사운평이 물었다.

"어느 문파에 속한 자들인지 알겠어?"

"잘 모르겠는데요?"

"나도 처음 보는 자들이네."

조연홍과 구광이 고개를 저었다.

사운평은 그들의 말을 들으며 미간을 좁혔다.

싸우는 자들은 자신이 알 수 없는 무공을 펼치고 있었다. 그런데 보고 있으니 기이한 느낌이 들었다.

뭐랄까, 왠지 모르게 친숙한 느낌이 든다고나 할까?

사실 찜찜한 기분이 드는 것도 그 점 때문이었다.

'뭐하는 놈들이지?'

그가 고민하는 사이에 싸우는 자들이 십여 장 가까이까지 다가왔다.

그들도 사운평 일행의 존재를 발견한 듯 서너 명이 슬쩍슬쩍 그들을 주시하며 경계하는 눈치를 보였다.

"구 형은 멀찌감치 떨어져 있으쇼."

"끼어들 생각인가?"

"상황 봐서 그럴까 생각 중입니다. 그러니 미리 피해 있으쇼. 보통 놈들이 아니니까."

구광은 입맛이 씁쓸했다. 결국 자신이 약하기 때문에 듣는 말이었다.

하지만 그는 자신의 실력을 과신하지 않았다.

사운평을 만난 후 나름대로 열심히 노력해서 실력이 늘긴 했어도, 아직 자신의 실력으로는 저들 중 한 사람도 당할 수 없었다.

알량한 자존심 앞세워 봐야 명만 줄어들 뿐.

"알겠네."

구광이 뒤로 빠져서 풀숲으로 들어가자 이번에는 조연홍에게 말했다.

"만약 싸우게 되면 정면으로 붙지 말고 신법으로 피하면서 기회를 노려라."

"대형이 아는 사람들입니까?"

"처음 보는 사람들이야."

"근데 왜 끼어들려는 겁니까?"

상관없는 일에 끼어들려는 것이 사운평답지 않게 보여서 한 말이었다.

그러나 사운평은 그다운 이유로 끼어들려는 것이었다. 한편으로는 기이한 느낌의 정체도 알고 싶었고.

"좌우간 내 말대로 해."

다시 한 번 주의를 준 사운평은 싸우는 자들을 향해 걸어갔다.

싸우던 자들이 갑작스런 사운평과 조연홍의 등장에 손길을 늦췄다.

사운평은 그들과의 거리가 팔구 장으로 좁혀지자 걸음을 멈추고 말했다.

"거기 세 분. 상황이 좋지 않은 것 같은데, 혹시 도움이 필요하지 않수?"

도와주려면 그냥 도와줄 것이지 묻는 것은 또 무슨 이유란 말인가?

공격을 방어하느라 그러잖아도 힘든 청의인 셋은 사운평의 질문이 반갑지 않았다.

하지만 그들보다 더 사운평의 말에 신경이 곤두선 사람들은 공격자인 갈의인들이었다.

그들 중 사십 대 초반으로 보이는 매부리코가 냉랭히 소리쳤다.

"죽고 싶지 않으면 끼어들지 말고 꺼져라, 애송이!"

사운평은 그들에게 관심이 없었디. 그들은 유리한 자들이니까.

"당신들에게 물은 것 아냐. 저 사람들에게 물은 거지."

그때 청의인 중 사십 대 중년인이 이판사판이라는 심정으로 말했다.

"누군지 모르지만 도와주면 고맙겠네."

"일인당 은자 백 냥. 어떻소?"

"……."

갑작스런 그 말이 충격이었는지 아무도 말을 하지 않았다. 심지어 공격하던 자들도 공격을 늦추고 사운평을 바라보았다.

'저 미친놈은 뭐야?' 그런 눈빛으로.

조연홍은 한숨을 쉴 것 같은 표정이었고.

'어휴, 때와 장소도 구분 못 하고…….'

사운평이 자신의 실수를 깨닫고 어깨를 으쓱하며 말했다.

"이런! 내가 미처 말하지 않았군. 나는 어려운 일을 해결해 주는 해결사가 직업인 사람이오. 그러니 나를 움직이려면 그만한 대가를 내야 하오."

매부리코가 실소를 지으며 명령을 내리듯 소리쳤다.

"훗, 웃기는 놈이군. 저놈은 신경 쓰지 말고 저들부터 제거해라!"

공격을 늦췄던 자들이 다시 청의인들을 향해 강력한 공격을 쏟아냈다.

강력한 기의 폭풍이 청의인들을 뒤덮었다.

청의 중년인을 제외한 나머지 둘은 아직 서른이 안 될 것 같은 젊은 자들이었다. 부상을 입은 자는 그중 키가 작은 자였다.

청의 중년인과 부상을 당하지 않은 키 큰 청년이 사력을 다해서 상대의 공격을 막았다.

그들 개개인은 갈의인보다 더 강했다. 그러나 숫자의 차이를 이겨
낼 정도는 아니었다.

"싫으면 나는 그만 가 보겠소."

사운평이 마지막으로 대답을 재촉했다. 그는 이번에도 대답을 하지
않으면 정말 돌아설 생각이었다.

그런데 위기에 몰린 청의 중년인이 썩은 새끼줄이라도 잡고 싶은
심정으로 소리쳤다.

"도와준다면 주겠네!"

"너무 비싸다고 생각한다면 오십 냥 정도는 깎아 줄 수 있소."

여차하면 목숨이 달아날 판이다. 지금 그런 말을 할 시간이 어디 있
단 말인가?

"다 준다니까!"

"그럼 약속한 거요?"

끝내 짜증이 치민 중년인이 빽 소리쳤다.

"더 달라면 더 줄 테니 어서 도와주게!"

사운평으로서는 반가운 말이었다.

"연홍, 일단 도와주고 보자. 상황이 급하니 후불로 받아야겠다."

계약을 마친 그가 옆구리의 도를 빼며 몸을 날렸다.

조연홍도 갈고리처럼 생긴 기형도를 빼 들고 사운평의 뒤를 따라갔
다.

숯불처럼 검붉어진 석양이 서산머리에 걸치면서 어스름이 밀려들
었다.

사운평과 조연홍의 모습이 그 속으로 사라졌다.

매부리코 중년인이 대경하며 다급히 주의를 주었다.

"조심해라! 괴이한 신법을 쓰는 놈들이다!"

그 순간, 어스름 속에서 도광이 번쩍였다.

쩌정!

갈의인 하나가 급히 검을 틀어서 사운평의 도를 쳐냈다.

눈에 보이지 않는데도 오로지 감각에 의지해서 쳐 낸 것이었다. 가히 절정에 다다른 감각.

상대의 강함을 실감한 사운평은 비류무영신법과 무영천살도를 펼치며 어스름을 최대한 활용했다.

청의인들은 갈의인 두셋이 공격에서 빠지자 훨씬 수월하게 나머지 갈의인들을 상대할 수 있었다.

그로부터 십여 초식을 펼칠 즈음, 사운평이 상대의 팔을 반쯤 잘라버렸다.

"크윽!"

고통스런 신음과 함께 살이 쩍 벌어진 곳에서 핏줄기가 뿜어졌다.

사운평은 비틀거리는 갈의인을 놔둔 채 다른 상대를 찾아 움직였다.

예상보다 강한 사운평의 무공에 상황이 급박하게 변했다.

갈의인 일곱 중 사운평이 둘, 조연홍이 하나를 상대했다. 이제 청의인들은 적을 넷만 상대하면 되었다. 그러다 보니 형세가 거꾸로 되어서 청의인들이 갈의인을 몰아붙였다.

매부리코 중년인의 얼굴에 당황한 표정이 떠올랐다.

그러다 또 다른 갈의인이 피를 뿌리며 쓰러지자 이를 갈며 소리쳤다.

"물러나라!"

* * *

갈의인들이 모두 떠나가자 사운평이 청의 중년인에게 다가갔다. 이제 결산을 해야 할 때였다.

"이백 냥만 주쇼. 더 받고 싶지만 처음 말한 대로만 받겠소."

"지금 당장은 돈이 없네."

청의 중년인의 말에 사운평이 눈을 가늘게 좁혔다.

"없다고?"

"대신 이것을 주지."

청의 중년인이 품속에서 뭔가를 꺼내 내밀었다.

직경 두 치 크기의 둥근 옥패였다. 옥패에는 봉(鳳)이 새겨져 있었는데 상당히 정교해서 가치가 제법 나갈 듯했다.

"옥의 가치만 해도 은자 백 냥 이상 나갈 거네. 그걸 가지고 낙양 백운장(白雲莊)을 찾아가서 엽청원이라는 이름을 대고 사실대로 말하게. 그럼 이백 냥을 줄 거네."

사운평은 아쉬운 대로 옥패라도 받아 챙겼다. 더구나 돈을 받을 수 있는 장소가 낙양에 있다지 않는가.

마음이 풀어진 그가 옥패를 품속에 넣고 물었다.

"그자들은 누구요?"

"그들에 대해선 지금 말해 줄 수 없네."

적의 정체를 말해 줄 수 없다고?

이해할 수 없는 대답이었다.

"그럼 왜 그자들과 싸운 거요?"

"그야 우리를 죽이려고 하니까 싸운 것 아니겠나?"

청의 중년인, 엽청원은 대충 둘러댔다.

사운평은 그가 숨기면 숨길수록 더욱더 궁금해졌다. 악착같이 숨길 때는 그만한 이유가 있지 않겠는가 말이다.

"뭐, 좋소. 그럼 당신들은 어느 문파 사람들이오?"

"비밀이네."

'지미.'

사운평은 짜증이 났지만, 겉으로 드러내진 않았다.

사실 몰라도 큰 상관이 없었다. 구해 주기로 했고 구해 줬다. 그리고 대가를 받았다. 그거면 되었다.

꼭 알고 싶으면 백운장을 조사해 보면 될 일. 시간이 더 걸릴 뿐이다.

'내가 말이야, 천하제일 해결사가 되겠다는 사람이거든? 어디 숨길 테면 숨겨 보라고.'

문득 그 생각을 하던 사운평의 눈빛이 순간적으로 반짝거렸다.

"험. 좌우간 앞으로도 의뢰할 일이 있으면, 낙양 서문 쪽 화정루 본 건물 꼭대기에 하늘색 천을 걸고, 그 앞 유향다루에서 기다리시오. 그럼 에…… 천해문 사람이 알아서 접근할 거요."

"알겠네. 필요할 때가 있으면 그렇게 하지."

"그럼 다음에 기회가 되면 또 보죠."

사운평은 의문을 남겨 둔 채 돌아섰다. 사실 그 외에도 묻고 싶은 것이 있었다.

하지만 아직은 때가 아닌 듯해서 물어보지 않았다.

아니, 솔직히 말해서 묻는 게 겁이 났다.

만약 자신의 짐작이 사실로 드러난다면 골치만 아플 뿐이었다.

'차라리 모르는 게 나아.'

엽청원 일행이 보이지 않을 즈음, 조연홍이 의아한 표정으로 물었다.

"대형, 왜 화정루 꼭대기에 천을 걸으라고 하신 겁니까?"

"임풍의 집 뒷마당으로 나가면 화정루 꼭대기가 잘 보이잖아."

"유향다루에서 기다리라고 한 이유는요?"

"거기가 차 값이 싸거든. 맛도 괜찮고."

"아, 예…… 그럼 천해문은 어딥니까? 대형이 잘 아는 문파입니까?"

"천해문? 전부터 이름을 하나 지으려고 했는데 마음에 드는 게 없었어. 그런데 조금 전에 갑자기 생각나서 지은 거다. 천하제일 해결사들의 문파. 천(天), 해(解), 문(門). 어때?"

"그럼 천해문이…… 우리를 말하는 겁니까?"

"왜, 별로야?"

"아뇨. 괜찮은데요?"

조연홍은 황급히 고개를 저었나.

사운평이 애써 지은 이름, 싫다고 할 이유가 없었다. 그래 봐야 뒤만 안 좋을 뿐.

그리고 두어 번 불러 보니 입에 착 달라붙었다.

"나도 마음에 드는군."

구광도 그 이름에 찬성표를 던졌다.

사운평은 두 사람의 반응이 마음에 들었다. 덕분에 착잡했던 마음이 한결 나아졌다.

'그래, 이청산에 대한 일은 나중에 생각하자.'

                    *   *   *

사운평이 일행과 함께 연평진에 도착했을 때는 이미 캄캄한 밤중이었다.

오십 리만 더 가면 정주였지만 그냥 그곳에서 하룻밤 묵기로 했다.

아무래도 정주에 들어가면 마음이 더 심란할 것 같았다. 이가장 무사들을 만나기라도 하면 괜히 시끄러워질지도 모르고.

마침 연평진으로 들어가자마자 객잔이 보였다.

붉은 흙벽돌로 쌓은 벽이 안에서 비치는 불빛과 어우러져서 제법 그럴 듯한 정취를 자아내는 객잔이었다.

그런데 안으로 들어간 사운평이 두 걸음을 채 옮기기도 전에 멈칫거렸다.

'억.'

그 직후 안쪽에서 중후한 목소리가 들렸다.

"허허허허, 또 만났구먼."

언송초였다.

물론 언소소와 풍죽괴도 함께 있었다. 그리고 처음 보는 노인이 그들과 동석하고 있었다.

정말 빌어먹을 인연이었다.

"호호호호. 이쪽으로 오세요, 조 공자."

언소소가 조연홍을 보며 밝게 웃었다.

붉은 벽돌 때문인지, 아니면 불빛 때문인지 조연홍의 얼굴이 상기된 듯 보였다.

피할 수 없는 만남. 사운평은 별수 없이 그들 자리로 갔다.

그의 뒤를 따라가던 구광은 새롭게 등장한 노인을 바라보고 표정이 굳었다.

노인은 얼굴이 역삼각형이었다. 통통한 입술, 가느다란 눈, 그리고 뾰족한 턱에는 수염이 기다랗게 매달려 있었다.

'그 사람이 분명해. 삼불자(三不者) 규탁.'

─여자와는 싸우지 않는다.

─도사나 중과는 대화하지 않는다.

─개고기는 절대 먹지 않는다.

세 가지만큼은 목이 떨어져도 지킨다는 괴짜 노인. 그 역시 강호사괴 중 하나였다.

사운평이 자리에 앉자 언송초가 물었다.

"개봉에서의 볼일은 잘 마쳤는가?"

"다행히 잘 끝났습니다. 그런데 노선배님은 바삐 어딜 가시는 길입니까?"

"친구를 만나서 잠깐 어딜 가는 길이네."

"제가 언 소저에게 드릴 선물을 사서 봉화점에 맡겨 놓았는데, 이렇게 일찍 떠나오신 걸 보니 가 보시지 못했겠군요."

언소소의 얼굴이 활짝 펴졌다.

"어머, 정말요?"

"약속을 했으면 반드시 지켜야 한다는 게 제 신조죠. 하, 하, 하."

그러나 언송초는 노리개에도, 사운평의 신조에도 별 관심이 없었다.

"다음에 가져가지, 뭐. 아! 인사하게. 이쪽은 내 친구인 규가네."

사운평도 삼불자 규탁의 정체를 눈치채고 있었다. 아마도 그를 만나러 개봉에 간 듯했다.

"사운평이 규 노선배를 뵙습니다."

"언 늙은이에게서 강호에 새롭게 떠오르는 편자(編者)가 있다는 말을 들었다. 보아하니 너인가 보구나."

통통한 입술로 말할 때마다 목소리가 입 안에서 굴러다니다가 흘러나오는 듯했다. 마치 뭘 먹으면서 말을 하는 것처럼.

사운평은 웃음을 간신히 참고 말했다.

"잘못 아셨습니다. 어려운 일을 맡아서 해결해 주는 해결사가 사기꾼이면 누가 일을 맡기겠습니까?"

"호오, 해결사?"

"그렇습니다. 자잘한 청부를 맡아서 해결해 주는 사업을 하고 있지요. 그런데 그런 일에는 신용이 생명이잖습니까."

"그건 그렇지."

"저는 여태 신용을 어기는 일을 한 번도 해 본 적이 없습니다. 그러니 설편자 노선배께서 지목하신 사람은 제가 아닐 겁니다."

언소소라면 몰라도.

"하긴 언 늙은이 말은 반쯤 건너 들어야 하지. 사람 속이는 걸 밥 먹듯 하니까 말이야."

"허허허허, 나는 사람을 속인 적이 없다네. 사실인 줄 알고 이야기했는데 약간의 착오가 있다 보니 사람들이 오해하는 것뿐이라네."

"삼 년 전의 일도 그럼 내가 오해를 했단 말인가?"

"허허허허, 그건 확실히 내 실수였지. 자네가 개고기를 극도로 싫어한다는 걸 잘 아는데, 실수가 아니라면 내 어찌 개고기를 돼지고기라고 말했겠나?"

"정말 몰랐단 말인가?"

"몰랐다네. 내 목을 걸지."

"흥! 일 년에 몇 번씩 거는 그 목, 필요 없네."

"허허허허."

언송초는 너털웃음을 흘리고는, 그쯤에서 사운평을 바라보며 화제를 돌렸다.

"자네, 낙양에 산다고 했었지?"

"그렇습니다."

"잘됐군. 우리도 낙양에 가는 길인데."

사운평은 가슴이 철렁였다.

여자하년 낙양//시 함께 가아 힐지 모른디.

이러다 진짜 사기꾼 취급받는 것 아냐? 그런 걱정이 앞섰다.

"낙양에는 무슨 일로 가시는 겁니까?"

"뭘 좀 알아볼 게 있거든."

"뭘 알아보시려고 하는데……?"

"혹시 백운장에 대해서 잘 아는가?"

'응? 백운장?'

벌써 두 번째 듣는 이름이다. 낙양에 있으면서도 들어보지 못했거늘.

"잘 알지는 못합니다만, 이름은 들어봤습니다."

그때 구광이 넌지시 입을 열었다.

"백운장이라면 제가 조금 압니다."

"호오, 그래?"

"주역과 상법에 정통한 백운 선생이 기거하는 곳이지요. 낙양의 고관대작과 거상들이 자주 찾아가서 운을 알아본다고 들었습니다. 그런데 백운 선생의 말이 신기할 정도로 잘 들어맞아서 많은 사람들이 신처럼 떠받든다고 합니다."

"흠, 일반에게는 많이 알려진 사람이 아닌데도 잘 아는구면."

언송초가 연신 고개를 주억거리자, 사운평이 물었다.

"그럼 백운 선생이라는 사람에게 물어볼 것이 있어서 가시는 겁니까?"

"꼭 그런 이유만은 아니네. 허허허, 자세한 것은 말하기가 좀 그렇구면. 이해해 주게."

사운평도 더 묻지 않았다.

그도 어차피 백운장에 가 봐야 했다. 알고자 한다면 못 알아낼 것도 없었다.

'지금과 같은 시기에 단순히 운세나 보려고 가는 건 아닌 것 같은데…….'

더구나 백운장은 엽청원이란 자와도 연관되어 있었다. 강호와 관련이 있다는 뜻.

언송초가 사기 치기 위해서 가는 것이 아니라면 반드시 가야만 하는 이유가 있다는 말이었다.

'일이 재미있어지는데?'

*　　　*　　　*

사운평은 꼼짝없이 언송초 일행과 함께 낙양까지 동행했다.

그나마 백운장이 낙양의 북쪽에 있다는 게 다행이었다. 성에 들어서자마자 헤어질 수 있었으니까.

사운평도 백운장에 볼일이 있었지만 일절 표내지 않았다.

백운장이 갑자기 망하지만 않는다면 언송초 일행이 볼일을 다 보고 간 후에 찾아가도 되었다.

임풍의 집에 도착한 사운평은 쉴 틈도 없이 몇 가지 명령을 내렸다.

"구 형과 임 형은 낙양성 내에 아직도 천의산장의 사람들이 돌아다니는지 살펴보쇼. 그리고 초혜는 이 숙에게 가서 백운장에 대해 알아봐."

"백운장요?"

"그래."

"거긴 제가 잘 아는데."

사운평이 의외라는 표정으로 초혜를 바라보았다.

"네가 어떻게? 운세라도 보러 갔어?"

"아뇨. 백운장에서 일 년에 세 번씩 우리 술을 사 갔어요. 가격도 후하게 쳐 줘서 때가 되면 백운장에 보낼 술을 따로 만들었죠."

"좋아. 그럼 백운장에 대한 조사는 네가 맡아."

"알았어요."

"그리고 이것 받아."

사운평이 품속에서 노리개가 든 작은 상자를 내밀었다.

"뭐죠?"

초혜는 의아해하면서 상자를 열어 보았다.

화려하면서도 고급스럽게 느껴지는 노리개를 보고 그녀의 눈이 휘둥그레졌다.

"어머?"

선머슴 같은 그녀도 여자는 여자였다. 당장 표정이 환해지고 눈빛이 촉촉이 젖었다.

"고마워요."

"엉뚱한 생각은 하지 마. 수고하라는 의미로 주는 거니까."

"이런 선물 처음 받아 봐요."

"선물 아니라니까. 다른 사람 것 사면서 함께 샀을 뿐이야."

사운평은 툭 쏘듯이 말하고는, 분위기가 이상해지기 전에 고개를 돌렸다.

"위지 형은 좀 어때?"

"많이 좋아졌네."

위지강의 말대로 며칠 사이에 그의 몸은 현저하게 좋아진 듯 보였다.

"그럼 위지 형도 우리를 좀 도와줘야겠어. 내가 역용을 해 주면 돌아다녀도 남들이 못 알아볼 거야."

"알겠네. 내가 무슨 일을 하면 되겠는가?"

"초혜가 백운장에 대해서 알아보는 동안 위지 형이 보호해 줘."

"초 소저를? 알았네. 그렇게 하지."

"이상한 생각 하지 마. 성격이 선머슴 같은 애라 불안해서 그러는 거니까."

"누가 뭐라고 했나?"

"그냥 그렇다는 거야. 아! 그리고 이름을 하나 지었어."

임풍이 눈을 깜박이며 물었다.

"무슨 이름? 자네 이름 바꾸려고?"

"쯔쯔쯔. 그게 아니라, 사람이 모였으니까 그럴 듯한 이름 하나쯤은 있어야 할 것 같아서 지어 본 거야."

그 말도 얼추 일리가 있었다.

"뭐라고 지었는데?"

"천, 해, 문. 천하제일 해결사들의 문파. 앞으로는 모든 일을 천해문이라는 이름으로 하게 될 거야. 그 이름이 싫은 사람?"

아무도 거부하지 않았다.

이름이야 천해문이든, 만해문이든, 백해문이든 상관없었다. 괜히 이러니저러니 따져서 사운평의 눈 밖에 나 봐야 고단하기만 할 뿐.

"발음하기도 괜찮군. 뜻도 좋고."

"하긴 이름이 없으면 남들이 우습게 볼 거네."

임풍과 위지강이 먼저 찬성했다. 그때 초혜가 넌지시 물었다.

"그럼 문주는 어느 분이 하는 거예요?"

"문주? 그리고 보니 문주가 있어야겠군. 하고 싶은 사람 손들어 봐."

사운평이 사람들에게 물었다.

아무도 손을 들지 않았다.

"그냥 운평이 해."

임풍의 말에 모두가 고개를 끄덕였다.

사운평을 아랫사람으로 부리면서 두통으로 고생하느니, 차라리 그가 시키는 일을 하는 게 훨씬 편했다.

"뭐, 다들 생각이 그렇다면 내가 하지."

*　　　*　　　*

오후 운기행공을 마친 이연연은 통나무집을 나섰다가, 계곡물에서 빨래를 하고 있는 호우를 보고 황급히 달려갔다.

"제가 할게요, 아저씨."

"아냐, 나 빨래 잘해. 그리고 이런 건 힘 센 사람이 해야 해. 연연이는 들어가서 공부나 해, 헤헤헤."

호우가 밝은 웃음을 지으며 곰발바닥보다 배는 큰 손을 저었다.

"미안해요, 호우 아저씨."

"연연이가 왜 미안해? 매일 맛있는 걸 만들어주는데."

"제가 만드는 요리가 맛있어요?"

"그러어엄! 을마나 맛있는데!"

"그럼 오늘 저녁에도 맛있게 만들어드릴게요."

"우헤헤헤, 알았어."

"근데 할아버지가 늦으시네요?"

영호명은 강호의 친구들을 만나러 나갔다. 어제 나가서 오늘 돌아온다고 했다. 그리고 나간 김에 이가장의 상황도 알아보신다고 했다.

"그러게."

"호우 아저씨 말대로 저는 들어가서 공부나 할게요. 벽초 스님이 어려운 숙제를 내줬거든요."

"연연이는 참 대단해. 지렁이 기어가는 글자를 금방 배우다니. 나라면 머리가 터졌을 거야."

호우가 텁수룩한 머리를 쥐어뜯는 시늉을 하며 인상을 썼다.

이연연은 피식, 웃음이 절로 나왔다.

그때 저 아래쪽에서 날듯이 계곡을 올라오는 사람이 보였다. 영호명이었다.

집안으로 들어가자 영호명이 정주의 상황을 말해 주었다.

"네 아비는 이가장으로 돌아왔다. 아직은 아무런 일도 없이 조용하더구나."

'휴우.'

안도의 한숨이 소리없이 흘러나왔다.

"고마워요, 할아버지."

"그런데 한 가지, 생각지도 못한 일이 터졌다."

"예?"

"검천성 사람들이 돌아가던 길에 철마문의 공격을 받았다. 그 와중에…… 주호정이 죽었다는구나."

"……."

"그 일 때문에 지금 강호가 벌집을 들쑤신 듯 난리가 아니다."

이연연은 가슴이 먹먹해서 말이 나오지 않았다.

주호정이 죽다니!

설마 자신이 잘못 들은 것은 아니겠지?

"천의산장과 검천성이 복수를 하기 위해서 철마문을 공격할 것이라는 의견이 지배적이다. 어쩌면 이 기회에 자신들의 야욕을 모두 드러낼지도 모르겠다."

잘못 들은 것이 아니다. 정말로 그가 죽었다.

자신이 떠나지 않았어도 그가 죽었을까?

그럴 수도 있고 아닐 수도 있다.

어쨌든 중요한 점은 그가 죽었다는 것이다.

'미안해요, 주 공자.'

착잡해진 그녀는 숨을 크게 들이쉬었다 내쉬었다.

마음이 쉽게 가라앉지 않았다.

"이제부터 나도 바빠질 것 같다. 자주 내려가서 돌아가는 상황을 알아봐야겠어. 너는 계속 이곳에 있을 것이냐?"

주호정이 죽었다면 숨어서 지낼 이유가 없다.

하지만 바로 돌아가기도 어정쩡했다.

"당분간은 이곳에서 지냈으면 해요. 배우던 범어도 마저 배우고, 수련도 하면서요. 대신 아버지에게 서신을 보낼까 해요. 저는 건강하게 잘 있다고요."

"그래, 그것도 괜찮은 방법 같구나. 서신을 보면 이 장주도 마음이 많이 안정될 거다."

"이해해 주셔서 고마워요."

"고맙기는? 아, 요즘 무공 수련에도 열심인 것 같던데, 내 검을 배워 보지 않겠느냐?"

"할아버지의 검을요? 제가 감히 할아버지의 상승 검을 익힐 수 있겠어요?"

"물론 모든 걸 배우는 것은 어렵겠지. 그래도 너에게 맞도록 조금 손을 본다면 적지 않은 성과가 있을 거다."

이연연은 거절하지 않았다.

겨우 보법과 신법을 수련했을 뿐이다. 가문의 검초도 조금 익혔다 하나 어찌 낙일검제의 검에 비할 수 있으랴.

"가르쳐 주신다면 열심히 배울게요."

*　　*　　*

화산의 연화봉 아래에 있는 천도전은 오랜만에 외부 손님을 받아서 북적였다.

이십여 명에 달하는 손님은 승(僧), 도(道), 속(俗)이 골고루 섞여 있었다.

대부분이 오십 대 이상이었고, 개중에는 육순이 넘는 사람도 다섯이나 되었다.

사십 대로 보이는 사람은 셋이 있었는데, 그들마저도 형형한 정광이 눈에서 자연스럽게 흘러나왔다.

그들은 몇 달 사이에 만난 사람도 있었지만, 무려 오 년 만에 만난 사람도 있었다. 그런데도 그들은 간단하게 인사만 나눈 뒤 무거운 표정으로 자리에 앉았다.

"먼 길을 오시느라 수고가 많으셨소이다."

칠순은 될 법한 노도인이 좌중을 돌아보며 인사말을 건넸다.

그는 화산파의 전대 장로로, 한때 화산제일검으로 칭송받던 현양진인이었다.

"이렇듯 여러분을 부르게 된 것은 현재의 강호 상황이 심상치 않기 때문이외다."

"아미타불, 철마문이 검천성을 공격할 거라고는 생각도 못 했소이다."

소림의 장로인 혜명 대사가 침중한 표정으로 불호를 외며 말했다. 그러자 많은 사람들이 고개를 끄덕였다.

그때 현양진인이 말했다.

"여러분들은 철마문의 검천성 공격이 그들만의 독단적인 결정이라고 보시오?"

그 말에 오십 대 초반의 중년인이 의아한 표정으로 되물었다. 그는 제갈세가의 장로인 제갈문수였다.

"하면 진인께서는 철마문이 다른 자의 사주라도 받았단 말씀이신 지요?"

"철마문도 검천성 뒤에 천의산장이 있다는 것을 모르지 않을 거요. 또한 천의산장이 알려진 것보다 더 무서운 힘을 지니고 있다는 사실도 알 것이고. 그런데도 전격적으로 주 시주 일행을 공격했소이다. 빈도는 그 점이 의심스럽소이다."

이번에는 육순의 청의도인, 무당의 청진자가 미간을 좁히며 물었다.

"그런 의심만으로 하시는 말씀은 아닌 듯싶습니다만."

"그렇소이다. 얼마 전 남양에 사는 본 파의 제자가 소식을 전해 온 것이 있소이다. 다름이 아니라, 철마문의 뒤에 누군가가 있는 것처럼 느껴진다는 것이었소이다."

"그게 사실입니까?"

"사실 그 소식을 전해 들었을 때만 해도 중요하게 생각하지 않았소이다. 설마 하는 마음이었지요. 그런데 이번에 벌어진 일을 보고 나서야 흘려보낼 일이 아니라는 사실을 깨달았소이다."

좌중이 술렁거렸디.

정말 현양진인의 말대로 철마문의 뒤에 배후가 있다면 알려진 것보다 문제가 훨씬 컸다. 그만큼 앞으로 불어 댈 바람이 더욱 거세질 테니까.

"진인께서는 어떤 생각을 갖고 계십니까? 이렇듯 각 파를 대표할 수 있는 분들을 부르셨을 때는 그만한 대책이 있기 때문이라고 봅니다만."

묵묵히 앉아 있던 작은 체구의 노인이 현양진인을 향해 직설적으로 물었다.

그는 팔가(八家) 중 하나인 장안 백리가의 장로 백리위연이었다.

현양진인은 질문을 받고 잠시 사람들을 둘러보았다.

좌중이 조용해졌다.

"천의산장과 검천성이 철마문과 전쟁을 벌이면, 그동안 잠룡처럼 웅크리고 있던 세력들도 기지개를 켜고 일어설 것이 분명하외다. 해서 노도는 강호의 안녕을 위하여…… 무림맹 소집을 건의하는 바외다."

쿵!

군웅들의 가슴에서 심장이 한밤에 울리는 북소리처럼 뛰었다.

무림맹(武林盟)!

신주구세가 위세를 떨치는 지금, 한때 영광을 누렸던 구문팔가는 이제 한물간 구시대의 유물이 되어 버렸다.

자존심이 진흙탕에 처박힌 현실에 얼마나 속이 끓었던가.

그러나 힘을 합친다면 옛날의 영광을 되찾지 못할 것도 없다.

"찬성하시는 분은 손을 들어 주시기 바라겠소이다."

*   *   *

천해문 사람들이 바쁘게 움직이는 동안 사운평은 끙끙거리며 무종무록을 해석했다.

확실히 그는 고 문자 쪽에 재능이 있는 듯했다. 아무리 난문도해의 도움을 받았다 해도 예상보다 빠르게 해석이 진행되고 있었다.

그럼에도 그 자신은 만족하지 못하고 답답한 마음에 연신 구시렁거렸다.

"제길. 며칠 동안 겨우 절반밖에 해석하지 못하다니. 내가 이렇게 멍청했나?"

무종무록에는 두 가지 무공이 적혀 있었다.

오 초식의 검법 하나와 팔 초식의 권장법 하나.

해석하기도 벅찬지라 초식에 대해서 상세히 파고드는 것은 생각도 못 하고 있었다.

그런데 해석만으로도 단순하게 보이는 구결 안에 최상승의 무리가 담겨 있는 듯 느껴졌다.

'하권에 초식이 적힌 걸 보니 상권에 심법(心法)이 있는 것 같군.'

일반적으로 무공을 익힐 때 심법을 기초로 초식을 수련한다.

간혹 초식을 먼저 익힐 때도 있긴 한데, 그러한 무공 같은 경우 특별한 경우 외에는 상승의 경지에 도달할 수 없다.

사운평은 그 차이를 잘 알기 때문에 심법이 빠져 있다는 점이 아쉬웠다.

하지만 아무리 아쉬워도 상권을 얻기 위해서 용담호혈인 천의산장에 들어가고 싶은 마음은 없었다.

'일단 해석이 끝나면 살천류의 심법과 접목시키는 방법을 생각해 봐야겠군.'

그것도 무종무록의 초식과 살천류의 심법이 상생(相生)한 경우의 이야기지만.

'근데 그 사람들은 이걸 어디서 얻었지?'

천의산장에서 무종무록의 진가를 몰라봤을 리 없다. 그들 물건이었다면 무슨 수를 써서라도 오래전에 해석을 끝냈을 것이다. 아무리 난문도해가 없다 해도.

결국 여태 해석을 마치지 못했다는 것은 얻은 지 오래되지 않았다는 뜻이 아니겠는가.

더욱더 이상한 것은, 무종무록 자체였다.

보면 볼수록 구결 내용이 눈에 익숙했다.

같은 글자를 수십 번씩 봐서 그런 것만은 아니었다.

마치 오래전부터 알고 있었던 것 같은 느낌이라고나 할까?

무척 끈적끈적한 어떤 인연이 그와 무종무록 사이에 존재하는 듯했다.

하지만 한참을 고민하던 그는 고개를 흔들며 잡생각을 털어냈다.

"내 손에 들어온 걸 보니, 전생에 나와 깊은 인연이 있었던 무공인가 보지, 뭐."

무종무록의 출처가 궁금하긴 했지만, 반드시 밝힐 필요는 없었다.

그러잖아도 고대 문자를 해석한답시고 머리가 지끈거리는 판이다. 때로는 단순하게 생각하고 넘어가는 것이 정신 건강에 좋았다.

사운평은 잠시 쉬기 위해서 책을 덮었다.

마침 밖에서 소란스런 목소리가 들리고 있었다. 초혜와 위지강이 돌아온 듯했다.

아니나 다를까 조연홍이 방 안에 대고 말했다.

"대형, 위지 형이 급히 드릴 말씀이 있다고 합니다."

위지강의 얼굴은 전과 판이하게 달라져 있었다. 사운평이 역용을 해 준 것이다. 물론 전보다 훨씬 못생긴 얼굴로.

"북문 쪽에서 한바탕 싸움이 벌어졌네."

남이야 싸우든 말든.

사운평은 위지강의 말을 대충 흘려들었다. 하지만 다음 말을 듣고는 고개를 번쩍 쳐들었다.

"그 싸움에서 죽은 사람 중 백운장 사람도 몇 있다고 하네."

"백운장?"

혹시 그 영감태기들이 일을 저지른 것 아냐?

문득 그런 생각이 든 사운평이 위지강에게 물었다.

"누구하고 싸운 건지 알아?"

"그게 의문이네. 백운장에서도 쉬쉬하고 있어서 상대가 누군지 아는 사람이 없네."

사운평의 눈이 가늘어졌다.

엽청원도 적의 정체를 감췄었다. 그리고 그와 관련된 백운장도 적의 정체를 감추고 있다.

왜 그들은 적의 정체를 감추는 걸까?

'만약 내 생각이 옳다면 이해 못 할 일도 아니지. 그들은 자신들의 정체가 밝혀지는 걸 원치 않을 테니까.'

사운평의 눈빛이 차가워졌다.

돌아가는 상황이 심상치 않았다.

하나하나를 따로 놓고 보면 특별할 것이 없었다. 그러나 구슬을 꿰

듯이 그 일들을 엮어 놓고 보면 서로 간에 깊은 상관관계가 있었다.

"내가 직접 가 봐야겠군. 마침 볼일이 있거든."

*   *   *

고풍스런 집기로 치장된 방 안에 다섯 사람이 침중한 표정으로 앉아 있었다.

한 사람이 상석에 앉아 있고 네 사람은 둘씩 나누어져서 서로를 마주 보고 있었다.

"형제 다섯이 죽었습니다. 언제까지 참아야만 합니까?"

"그들이 계속 공격해 온다면 우리로서도 맞서 싸우는 수밖에 다른 방법이 없습니다."

먼저 좌측에 앉아 있던 사십 대 중년인 둘이 분노를 삭이며 말했다.

그러자 맞은편에 앉아 있던 오십 대 초반의 중년인이 인상을 쓰며 짜증을 냈다.

"참으로 어리석은 놈들이야. 지금 같은 때에 자중지란을 일으키려 하다니."

"그들은 우리를 한 형제로 보고 있지 않습니다. 적으로 생각할 뿐이지요."

"누가 그걸 모르는가? 아무리 그렇더라도 적의 힘이 최고조에 이른 상황이네. 이 판국에 우리끼리 싸워서 뭘 어쩌겠다는 건가?"

오십 대 중년인이 카랑카랑한 목소리로 다그치자, 조용히 앉아 있던 상석의 초로인이 입을 열었다.

"상 아우의 말이 맞네. 분하지만 아직은 때가 아니야. 일단 회주께 말씀드려서 한시적으로라도 싸움을 멈추자고 해야겠어."

"그들이 말을 들을지 모르겠습니다."

"듣지 않으면 할 수 없지. 그들이 정말 전쟁을 원한다면……."

그때 방문 밖에서 조심스런 목소리가 들렸다.

"장주 어른께 아룁니다. 어떤 청년이, 엽청원이라는 사람이 보냈다며 봉옥패를 갖고 찾아왔습니다."

사운평은 차를 마시며 주인이 나타나기를 느긋이 기다렸다.

'확실히 평범한 곳은 아니야.'

백운장에는 무공을 익힌 자들이 상당히 많았다.

심지어 평범한 하인처럼 보이는 자들도 능히 일류 수준의 무공을 지니고 있었다.

단순한 호위 무사로 보기에는 지나친 실력.

사운평이 기다린 지 일각쯤 지났을 때 오십 대 중후반의 초로인이 나왔다.

그가 바로 백운장의 주인인 백운 선생 백원양이었다.

"젊은이가 봉옥패를 가져왔는가?"

"그렇습니다. 엽청원이란 분이 이 옥패를 주면서, 이곳에 가서 말하면 제가 원하는 것을 줄 거라고 하더군요."

백원양은 사운평이 내미는 옥패를 받아서 살펴보고는 고개를 들었다.

"그래, 뭘 원하는가?"

"먼저 은자 이백 냥을 주셨으면 합니다."

"은자 이백 냥?"

돈을 달라고 할 줄은 생각도 못 한 듯 백원양이 의아한 표정을 지었다.

"그렇습니다. 그분께서 저희에게 한 청부의 대가죠."

"청부의 대가?"

"위기에 몰린 그분께서 청부를 의뢰했죠. 일인당 은자 백 냥씩. 저와 제 아우는 다행히 그분의 청부를 무사히 이행했는데, 가진 돈이 없다고 하시면서 이걸 가지고 이곳에 가면 돈을 줄 거라고 하시더군요."

엽청원이 위기에 몰렸다면 그만큼 강한 상대를 만났다는 뜻.

그런 자들에게서 엽청원을 구해 줬다는 말에 백원양이 정말로 놀란 표정을 지었다.

"허어, 자네 일행이 엽 아우를 구해 줬단 말인가?"

"그렇습니다."

"흠, 엽 아우를 구해 줬다면 이백 냥이 대순가? 알겠네. 바로 내주겠네."

백원양은 집사를 불러서 은자 이백 냥을 내오게 했다. 그러고는 사운평에게 넌지시 물었다.

"은자를 받는 것 외에 달리 볼일이 있는가?"

"별다른 건 아니고, 궁금한 것이 하나 있어서 물어보려고 합니다."

"어디 말해 보게. 아는 일이라면 말해 주겠네."

"북문 근처에서 사람들이 죽었다는 말을 들었습니다. 죽은 사람 중에는 백운장 사람도 있다더군요. 혹시 그들을 죽인 자가 누군지 아십니까?"

"안 그래도 그 일 때문에 고민하고 있네. 본 장의 호위 무사들이 정체를 알 수 없는 자들에게 죽었지 뭔가? 그런데 자네가 왜 그 일에 관심을 가지는지 모르겠군."

"아무래도 이런저런 일을 맡아서 처리하는 일이 직업이다 보니, 범인이 누군지 궁금하지 뭡니까."

"우리도 아직 범인에 대해서 알아내지 못했네."

"그래요? 그럼 저희가 한번 알아볼까요?"

"아니네. 굳이 그럴 필요까진 없네."

"싸게 해 드릴 수도 있습니다만."

"그 일은 우리가 알아서 할 것이니 자넨 신경 끄게나."

"싫다면 어쩔 수 없죠. 그런데 제 상을 좀 봐 주실 수 있습니까? 듣자 하니 주역과 상을 보는 일에 있어서 천하제일이라 하던데요."

"허허허, 천하제일은 무슨……."

백원양은 가볍게 웃으면서 대충 넘기려 했다.

그런데…… 그 말을 듣고 나서야 사운평을 살펴보던 그의 표정이 서서히 굳어졌다.

"왜 그러십니까?"

"자네 이름이 뭔가?"

"사운평입니다."

이번에는 본명을 제대로 말해 주었다. 운세를 보면서 가명을 쓸 순 없으니까.

백원양은 사운평의 이름을 듣고 한참 동안 아무 말도 하지 못했다.

'이럴 수가! 어찌 이런 상이 있을 수 있단 말인가?'

앞에서 보는 것과 옆에서 보는 것, 약간 위에서 보는 것에 따라 상이 달라졌다.

어떻게 보면 제왕의 상이고, 어떻게 보면 거지 중에서도 상거지가 될 상이다.

또 각도를 달리해서 살펴보면 천하를 떠돌 떠돌이 상처럼 보이고, 약간 비틀어져서 보면 천하를 피로 물들일 살왕의 상처럼 느껴졌다.

하지만 자세히 살펴보면 살펴볼수록 안개처럼 모호해서 아무것도 알 수가 없었다.

"상이 안 좋습니까?"

"으음, 솔직히 말해서…… 나도 잘 모르겠네."

결국 백원양은 난생처음으로 상대의 상에 대해서 확정적인 말을 해줄 수가 없었다.

허탈해진 그는 자신의 눈을 의심했다.

세상에 이렇게 괴상한 상이 있을 줄이야!

'용이라면 괴룡(怪龍)이 될 것이고, 용이 되지 못한다면 이무기로 지내다가 끝나겠군.'

그때 무슨 생각이 들었는지 백원양이 물었다.

"만약 자네에게 의뢰할 일이 있으면 어떻게 연락해야 하는가?"

"간단합니다. 서문 쪽에 있는 화정루 꼭대기에 하늘색 천을 거시고, 앞에 있는 유향다루에서 기다리시면 됩니다."

사운평은 백운장을 나오면서 신경을 곤두세웠다.

건물 저 안쪽에서 누군가가 자신을 주시하고 있었다. 느낌만으로도 절정 경지에 도달한 고수라는 게 느껴졌다.

'어느 쪽인지는 몰라도 그들 중 하나와 연관된 것은 분명한 것 같은데⋯⋯.'

第七章

독 오른 광귀(狂鬼)

슬슬 바람이 차가워지기 시작할 무렵.

천의산장과 검천성 무사들이 철마문을 공격하기 위해 칠백 명에 이르는 대규모 무사대를 파견했다는 소문이 돌았다.

태풍전야(颱風前夜)!

현 강호의 상황이 딱 그 짝이었다.

사운평과 그 일행들, 천해문 사람들은 임풍의 집에서 상황을 주시했다.

"천의산장과 검천성이 이긴다에 은자 열 냥."

"난 다섯 냥."

"나도 다섯 냥."

"나도 그들이 이긴다에 열 냥."

그들은 내기를 했다. 그런데 모두 천의산장과 검천성의 승리에 걸어서 내기가 성립되지 않았다.

　그때 사운평이 심각한 표정을 지은 채 손가락 하나를 세웠다.

　"천의산장과 검천성이 진다에 한 냥."

　충격적인 발언에 사람들이 모두 사운평을 쳐다보았다.

　많이 벌었으니 은자 한 냥 정도는 우습게 생각하고 도박을 해 보겠다는 건가?

　다른 사람들이라면 그렇게 생각했을 수도 있었다.

　하지만 천해문 사람들은 절대 그런 생각을 하지 않았다.

　사운평이 누군데 은자 한 냥을 그냥 버려?

　"왜 그런 생각을 한 건가?"

　위지강이 물었다. 그는 사운평의 판단을 이해할 수 없었다.

　"그건 말 못 하지. 내긴데."

　내기여서 그런 것만이 아니라 말 못 할 속사정이 있었다.

　"그래도 한 냥은 너무 적어. 다섯 냥은 내야지."

　임풍이 사운평의 내기 참여를 거부했다.

　나머지도 고개를 끄덕여서 동조했다. 사운평의 호주머니에서 한 냥이라도 더 긁어내기 위해.

　"좋아, 그럼 다섯 냥."

　임풍의 집에서 내기가 벌어지고 있을 때, 만구점에 칙칙한 회의를 입은 무사 셋이 찾아왔다.

　이문은 안으로 들어서는 무사들을 보며 자신도 모르게 숨을 멈췄다.

처음 보는 복장의 무사 셋. 등에 검을 메고 있는 그들은 표정이 마치 돌을 깎아 놓은 듯했다.

특히 처음 대하는 암울한 흑회색 눈빛은 소름이 돋을 정도였다.

'어디서 온 놈들이지?'

이문은 천하의 수많은 문파를 알고 있었다. 복장과 특색만으로도 백여 개 문파 정도는 충분히 가려낼 수 있었다.

그럼에도 그는 자신의 앞에서 멈춘 자들의 정체를 알아낼 수 없었다. 어쩌면 그래서 추측을 하기도 쉬웠지만.

'혹시 은명곡이라는 곳에서 온 놈들?'

그 생각이 들자 등골이 싸늘하게 식었다.

"당신이 정보를 사고판다는 만박통사 이문인가?"

놈들은 나직한 목소리조차도 정신을 갉아먹는 것처럼 섬뜩했다.

하지만 자신도 닳을 대로 닳은 전문가가 아닌가.

"어디서 무슨 말을 들었는지 모르지만, 내가 정보를 사고판다는 말은 금시초문이오."

"이미 알아보고 왔으니 모른 척해도 소용없다."

"엉뚱한 말씀은 그만하시고, 물건을 사러 오지 않았으면 그만 가보시구려."

이문은 하품을 할 것 같은 표정으로 퉁명스럽게 말하고는 돌아섰다.

심장이 박동수를 재기 힘들 만큼 거세게 뛰었다. 행여나 자신의 속마음을 들킬까 봐 조마조마해지긴 처음이었다.

"우린 사람을 잘 죽이지 않아. 하지만 알아야 할 것을 알기 위해서는 얼마든지 죽일 수 있지. 그리고 곧 알게 되겠지만, 닫힌 입을 여는 것은 누구보다 자신 있는 사람들이다."

이문도 짐작하고 있었다. 찾아온 자들이 일반적인 인간들과는 다르다는 걸.

'젠장, 똥 밟았군.'

할 수 없이 그는 몸을 다시 돌렸다. 그러고는 나름대로 침착하려 애쓰며 회의인들에게 물었다.

"허허허, 이제 나도 이 장사를 접어야 할 때가 되었나 보오. 거짓말도 그럴싸하게 못해서 바로 들키다니 말이오. 그래, 뭘 알아보려고 오셨소?"

회의인 중 중앙에 서 있던 자가 한 걸음 앞으로 나서며 말했다.

"얼마 전, 우리가 쫓던 청년 하나가 낙양으로 숨어들었다. 그자를 찾는데 협조를 해 줘야겠어."

"허어, 낙양으로 숨어든 자를 찾겠다? 무사님들은 낙양이 얼마나 큰 줄 아시오?"

"우리도 잘 안다. 그래서 당신을 찾아온 거지."

그들은 열흘 넘게 뒤지고도 위지강의 그림자조차 보지 못했다. 천의산장이 찾지 못했다는 것도 알고 있었고.

그만큼 낙양은 거대하면서도 복잡한 도시였다.

"내 비록 정보를 팔긴 하지만 사람을 찾는 재주까지는 없소. 그런 일이라면 흑도 방파에 부탁하는 게 빠를 거요. 원한다면 쓸 만한 곳을 소개해 드리겠소."

"그럴지도 모르지. 그런데 우리에게 너를 알려 준 자가 그러더군.

낙양에서 눈과 귀가 가장 밝은 자는 너라고 말이야."

"한때는 그런 적도 있었소이다. 하지만 이제는 나이를 먹어서……."

"때로는 고통이 기억을 살리는 데 도움이 될 수도 있지."

"그게 아니라……."

이문이 재빨리 말을 돌렸다.

하지만 한발 늦어서 회의인이 번개처럼 손을 뻗어서 이문의 목을 움켜쥐었다. 그러고는 얇은 입술을 비틀며 냉소를 지었다.

"곧 너는 우리를 도와주기 위해서 모든 기억을 떠올리게 될 거다."

                    *   *   *

"사 공자, 계시오? 만구점에서 왔소이다!"

밖에서 자신을 찾는 목소리가 들렸다.

몇 번 들어 본 목소리. 그런데 그 목소리가 공포에 질려 있었다.

'무슨 일이지?'

사운평은 급히 방을 나섰다.

찾아온 자는 이문의 만구점에서 일하는 소삼이었다.

창백한 표정, 분노로 충혈된 눈빛. 아무래도 심상치 않은 일이 벌어진 듯했다.

"무슨 일이오?"

소삼이 사운평을 보고는 질린 표정으로 말했다.

"조금 전에 칙칙한 회의를 입은 놈들이 만구점에 왔는데…… 그놈들이 주인 나리를 개떡처럼 만들어 버렸습니다, 공자."

사운평은 더 묻지 않았다. 묻는 시간도 아까웠다.

"연홍, 위지 형. 나를 따라오쇼. 임 형과 구 형, 초혜는 이곳에 있다가 수상한 자들이 다가오면 즉시 빠져나가."

빠르게 지시를 내린 그는 임풍의 집을 나섰다.

조연홍과 위지강이 그를 따라갔다.

사운평은 뒷짐을 진 채 쥐 죽은 듯이 조용한 만구점을 향해 걸어갔다.

옆구리에 걸린 칼이 달그락거리는 소리를 내며 발걸음과 박자를 맞췄다.

조연홍과 위지강은 보이지 않는데, 그들은 좌우로 갈라져서 모습을 숨긴 채 만구점으로 접근하고 있었다.

만구점의 문턱을 넘어선 사운평은 차가운 눈빛으로 안쪽을 둘러보았다.

으스스한 느낌이 들 정도로 고요했다.

그는 안쪽 건물로 이어지는 회랑을 향해 걸음을 옮겼다.

회랑 초입까지만 해도 아무런 이상이 없었다. 그런데 회랑을 통해서 안쪽으로 들어가자 쓰러져 있는 사람이 보였다.

이문 밑에서 일하는 자들 중 하나였다.

이름이 장오득이라 했던가?

이문이 아끼는 자였는데, 목이 기이한 각도로 꺾어져 있었다.

저벅, 저벅.

사운평은 걸음을 멈추지 않고 회랑을 통과했다.

회랑 끝에 있는 건물의 방문이 활짝 열려 있었다. 그 방문 바로 안쪽에 한 사람이 더 쓰러져 있었다.

그자는 오경이라는 자로 이문의 오른팔과 같은 자였다.

나름대로 일류 고수 소리 들을 만큼 강한 무공을 지니고 있었는데, 지금은 심장에 구멍이 난 채 핏물 위에 널브러져 있었다.

그리고 그 방 안쪽에 이문이 있었다.

사지가 괴상한 방향으로 꺾인 그는 마치 다리 잘린 풍뎅이처럼 엎어져 있었다.

그래도 미미하나마 등이 오르락내리락하는 걸 보니 죽진 않은 듯했다.

사운평은 이문에게 시선을 둔 채로 한순간도 멈칫거리지 않고 일정한 속도로 걸었다.

그리고 이문 바로 앞에 도착해서 걸음을 멈췄다.

이문은 정신을 잃은 상태로 가느다랗게 숨만 내쉬고 있었다.

"아무래도 그들 짓 같네."

위지강이 방 안으로 들어서며 침중한 표정으로 말했다.

"현재로선 그렇다고 봐야겠지."

소삼의 말에 의하면, 놈들은 칙칙한 회의를 입었다고 했다. 십여 일 전 낙양에 들어온 누군가를 찾고 있는 걸 보면 은명곡의 집행 사자들이 분명했다.

"일단 이 숙부터 살펴봐야겠어. 위지 형과 연흥은 놈들이 근처에 있는지 찾아봐."

"알겠네."

"예, 대형."

"찾더라도 싸우지는 마. 위지 형의 정체가 드러나면 상황이 더 복잡해지니까. 그들은 내가 처리하겠어."

나직한 목소리가 어찌나 차가운지 조연홍은 자신도 모르게 숨을 멈췄다.

사운평은 위지강과 조연홍이 나간 후 이문의 뼈부터 맞췄다.

어릴 때부터 숱하게 뼈가 부러져 본 그였다. 혼자서 자신의 부러진 뼈를 맞추어 본 적도 서너 번은 되었다. 뼈 맞추는 데는 전문가였다.

그럼에도 이문의 뼈를 맞추는 일은 쉽지 않았다.

"개자식들. 아주 박살을 내놨군."

그는 방문의 틀을 부숴서 부목처럼 팔다리에 대고, 휘장을 잘게 찢어서 섬세하게 묶었다.

그가 뼈를 맞추고 끈으로 묶을 때마다 정신을 잃은 이문의 몸이 발작하듯이 떨렸다.

그렇게 팔다리를 모두 묶은 그는 이문의 명문혈에 손을 얹고 공력을 주입했다.

얼마나 지났을까, 이문의 눈꺼풀이 파르르 떨리면서 위로 올라갔다.

"정신이 들어?"

사운평의 말에 이문의 입술이 잘게 떨렸다. 말은 나오지 않았다.

"은명곡 놈들이지?"

이문이 눈을 감았다 떴다. 대답은 그것만으로도 충분했다.

"사실대로 말하지 그랬어?"

이문의 입술이 비틀렸다.

사운평은 그것을 미소라고 단정했다.

"놈들도 곧 알게 될 거야. 자신들이 얼마나 멍청한 짓을 했는지."

그때였다. 방문 쪽에서 음울한 목소리가 들렸다.

"다시 돌아와 보길 잘했군."

사운평은 여전히 이문을 보면서 하얀 미소를 지었다.

"운이 좋군. 이 숙은 편히 누워서 구경만 해."

그러고는 몸을 일으켜서 천천히 돌아섰다.

기분 나쁠 정도로 칙칙한 회의를 입은 삼십 대 장한이 방문을 막고 서 있었다.

전에 봤던 회의인과 똑같은 복장. 은명곡 집행 사자였다.

"아주 독한 놈이었지. 사지의 뼈가 다 부러지도록 자신은 모른다고 하더군. 이제 네가 대답해 줘야겠다, 애송이."

"모른다고 하면 그냥 갈 것이지 왜 사람을 이 모양으로 만들어 놨어, 이 씨, 발, 놈, 아."

사운평이 고저 없는 목소리로 쌍욕을 내뱉자 회의인의 이마에 골이 파였다.

"사지가 다 잘린 후에도 욕을 할 수 있는지 한번 봐야겠군."

"까는 소리 하고 있네."

"건방진 애새끼가 일찍 죽고 싶어 환장했군."

"너한테? 꿈 깨. 너 따위 졸개 새끼는 내 머리털 하나 못 건드려."

연이은 쌍욕에 회의인이 냉소를 지으며 검을 뽑았다.

"어디 지옥에 빠진 고통을 겪으면서도 그렇게 말하는가 봐야겠군."

"그건 내가 너에게 묻고 싶은 말이야…… 은명곡의 개."

순간, 회의인의 눈빛이 심하게 흔들렸다.

"네가 어떻게……?"

찰나였다. 그의 시야에서 사운평의 모습이 사라졌다.

회의인은 본능적으로 위험을 감지하고 뒤로 물러섰다. 그러나 사운평의 움직임은 그가 상상도 못 할 정도로 빨랐다.

쉬아악!

어느새 뽑힌 칼이 허공을 두 쪽으로 가르며 벼락처럼 떨어졌다.

그가 펼친 일도는 공력이 밖으로 뻗지 않고 도신에 뭉쳐서 만근 바위보다 더 무거웠다.

그 도세의 가공할 위력을 인지하지 못한 회의인은 검을 휘둘러서 사운평의 공격을 막았다.

쾅!

귀청을 찢을 듯이 울리는 단발의 굉음.

부러진 검날이 허공으로 빙글빙글 돌면서 튀었다.

거센 충격을 받은 회의인은 얼굴을 일그러뜨리며 주르륵 대여섯 걸음을 물러섰다.

사운평이 그림자처럼 그를 따라가며 칼을 휘둘렀다.

온몸의 근육과 신경이 엄청난 충격을 받아서 움직임이 둔해진 회의인이었다. 피하고 싶어도 몸이 말을 듣지 않았다.

빡!

칼날에 베인 것이라고 하기에는 기묘한 소리가 났다.

"크읍!"

회의인의 왼발 정강이뼈가 괴이한 각도로 꺾였다. 도인(刀刃)이 아닌 도배(刀背)가 뼈를 부러뜨린 것이다.

잘린 것보다 배는 더 극심한 고통에 회의인의 얼굴이 흙빛으로 변했다.

"지옥에 빠진 고통이라고 했지?"

차가운 일갈과 함께 사운평이 좌수를 뻗었다.

쾅!

검을 들고 있던 회의인의 어깨뼈가 박살 났다.

챙그랑.

부러진 검과 회의인이 함께 튕겨져서 나뒹굴었다.

사운평이 그를 향해 다가갔다.

"이제 시작인데, 벌써 죽는 시늉을 하면 안 되지."

쉬이익!

그는 칼등으로 회의인의 오른발을 마저 내려쳤다.

빠직!

무릎이 부서지면서 회의인의 입이 떡 벌어졌다.

하지만 그것은 시작일 뿐이었다. 그에게 그 이후의 일각은 평생보다 열 배는 더 긴 시간이었다.

*　　*　　*

막 방으로 들어서던 위지강이 걸음을 멈추고 구석을 바라보았다.

그의 눈빛이 거세게 떨렸다.

두 팔과 두 다리가 이문보다 배는 더 심하게 부서진 회의인이 숨을 헐떡이고 있었다.

얼마나 참혹하게 박살을 내 놨는지, 그런 상태에서도 살아 있다는 것이 신기할 정도였다.

"찾았어?"

사운평이 태연한 목소리로 물었다.

위지강은 가슴이 서늘해졌다.

사람을 저렇게 만들어 놓고도 그런 목소리로 물을 수 있다니.

아마 함께 지내지 않았다면 사운평을 감정도 없는 자로 생각했을 것이다.

"아직 못 찾았네. 그런데 자넨 이미 한 사람을 처리했군."

"낙양에 들어온 자는 다섯. 그중 셋이 이곳에 왔다는군. 아직 넷이 남았어."

그때 조연홍이 다급한 걸음으로 들어왔다.

"대형, 놈들로 보이는 자들 둘을 찾았습니다."

"그래? 어디에 있지?"

"동문 쪽 연풍 객잔에 있습니다."

"내가 가 볼 테니, 너는 이 숙을 좀 임풍의 집으로 옮겨라."

그때 위지강이 회의인을 눈짓으로 가리키며 물었다.

"저자는 어떻게 할 건가?"

사운평이 쳐다보지도 않고 말했다.

"위지 형이 처리해. 위지 형을 잡으러 온 사람이잖아?"

그럴 줄 알았다는 듯 조연홍이 사운평을 힐끔 쳐다본 후 이문을 조심스럽게 안아 들었다.

'사람 죽이는 것은 되게 싫어한단 말이야.'

*　　　*　　　*

사운평이 갔을 때까지도 회의인들은 연풍 객잔에 있었다.

일행 대신 사신이 왔다는 것을 생각도 못 한 그들은 무표정한 얼굴로 차를 마셨다.

그들에게 다가간 사운평이 어수룩한 말투로 물었다.

"저, 혹시 '은' 자 들어가는 문파에서 나오신 분들 아니쇼?"

"무슨 일인가?"

"똑같은 옷을 입은 분이 저더러 급히 두 분을 모셔 오라고 해서 왔습죠."

"그는 어디에 있는가?"

"먼저 심부름비로 은자 열 냥을 주십쇼. 그 돈을 주지 않으면 저도 말해 드릴 수 없습니다요."

반쯤은 의심의 눈초리로 사운평을 보던 회의인들의 눈빛이 달라졌다.

대가 없이 소식을 전하는 거라면 수상하게 생각했을지 모른다.

그러나 심부름 돈을 받기로 했다면 처음 보는 자가 소식을 전하는 것도 이해 못 할 바는 아니었다. 자신들은 숫자가 워낙 적어서 급할 때는 제삼자를 이용할 수밖에 없으니까.

"좋아, 주지."

한 사람이 품속에서 반 냥짜리 금두를 꺼내 내밀었다. 사운평은 금두를 챙긴 후에야 나직하게 말했다.

"지금 그분은 성문 밖에서 어떤 장원을 감시하고 있습죠. 그런데 자리를 뜨기가 어려운가 봅니다요. 원하신다면 제가 안내해 드리겠습니다요."

두 회의인은 즉시 자리에서 일어났다.

"앞장서라."

사운평은 두 사람과 함께 낙양성을 나섰다.

남문 밖의 복잡한 골목길로 들어선 그는 전에 한 번 가 봤던 장원으로 향했다.

낙양칠귀 중 첫째 곽노격의 장원으로.

곽노격의 장원은 낙양칠귀가 몰살당한 후 한 상인이 사들였다.

그 상인은 해가 지나야 당시 죽은 사람들의 혼령이 떠난다는 말을 듣고 일 년 후에 집을 고치기로 했다. 그 바람에 장원은 현재 아무도 살고 있지 않았다.

정문으로부터 십여 장 떨어진 곳에서 걸음을 멈춘 사운평이 손을 들어 곽노격의 장원을 가리켰다.

"저곳입죠."

"그는 어디 있지?"

"안으로 들어간 것 같습니다요. 제가 가서 알아볼까요? 대신 은자 열 냥을 더 주셔야 합니다요."

"아니다. 너는 이제 가도록 해라."

"싫다면 그렇게 하죠."

사운평은 어깨를 으쓱하고는 군말 없이 뒷걸음질로 물러섰다.

그 사이 두 회의인은 눈짓을 교환한 후 곽노격의 장원으로 접근했다.

사운평은 골목이 꺾어지는 곳에서 걸음을 멈추고 그 광경을 지켜보며 조소를 지었다.

곧 두 회의인이 정문을 밀치고 안으로 들어갔다.

사운평의 모습도 골목 안에서 사라졌다.

위지강은 들어서는 자들을 보며 씁쓸한 표정을 지었다. 저들은 자신들이 저승의 입구로 들어섰다는 걸 알까?

아마 모를 것이다. 그러니 저렇게 자신만만한 표정이겠지.

장원 안으로 들어선 두 회의인은 마당 건너편의 전각 안에 누군가가 서 있는 걸 보고 흠칫했다.

서로를 쳐다본 두 사람은 미미하게 고개를 끄덕이고는 전각을 향해 걸어갔다. 전각 안에 서 있는 사람이 위지강일 거라고는 꿈에도 생각지 못한 채.

그들은 위지강과 삼 장 정도 거리를 두고 걸음을 멈췄다.

오른쪽에 있는 자가 먼저 물었다.

"혹시 우리와 비슷한 사람이 들어오지 않았나?"

"들어왔다."

"그는 지금 어디에 있느냐?"

"저 안에."

"안에서 뭘 하고 있지?"

"아무것도 하고 있지 않아."

"우린 너와 농담을 나누려고 온 게 아니다."

"나 역시 농담으로 하는 말이 아니야. 그는 분명히 저 안에 있고, 아무것도 하고 있지 않아. 왜 그런 줄 알아?"

무뚝뚝한 위지강의 말이 이어지면서 두 회의인의 얼굴이 굳어졌다.

그들은 위지강의 말에서 심상치 않은 상황이 발생했음을 알고 공력을 끌어올렸다.

그때 위지강이 말했다.

"죽은 자는 할 수 있는 일이 없거든."

그는 죽었다, 그 말이다.

왼쪽의 회의인이 새파랗게 살기 띤 눈으로 위지강을 노려보았다.

"네놈이 죽였느냐?"

"맞아. 죽인 것은 분명히 나지."

"솔직해서 좋군. 그 대가로 고통 없이 죽여 주마."

"그대들이?"

무표정하게 되묻는 위지강의 눈빛이 싸늘하게 가라앉았다.

"과연 그대들에게 나를 죽일 수 있는 능력이 있을지 모르겠군. 전유가 왔다면 또 몰라도."

'전유'라는 이름이 위지강의 입에서 나오자, 두 회의인의 무표정한 얼굴에 경악이 떠올랐다.

"네가 어떻게 그분을……?"

"나는 그를 오래전부터 봐 왔지."

"뭐야?"

"헛! 혹시 당신이……!"

"이제야 내 정체를 눈치채다니. 그대들에게 실망이 크군."

냉랭한 위지강의 말이 끝나자마자 느물거리는 목소리가 뒤를 이었다.

"그만큼 내 역용술이 뛰어나단 말이지, 뭐."

휙, 고개를 돌린 두 회의인은 자신의 뒤에 나타난 사운평을 보고 새파란 살기를 번뜩였다.

"네놈이 우리를 속였구나!"

"한 번에 너무 많이 감탄하진 마. 앞으로도 감탄할 일이 많이 있을 거니까."

사운평의 농담조 헛소리에 두 회의인은 더욱 분노가 끓었다.

"죽일 놈!"

냉랭한 욕설과 함께 회의인 하나가 사운평을 향해 신형을 날렸다. 그리고 또 다른 회의인은 등 뒤의 검을 잡아 빼며 위지강을 향해 쇄도했다.

일격필살의 공격!

두 사람은 전 공력을 끌어올려서 최선을 다한 공격을 펼쳤다.

상대는 소곡주였던 위지강이다. 집행 사자가 강하다 해도 혼자의 힘으로는 무너뜨릴 수 없는 고수.

게다가 자신들을 이곳으로 끌어들였을 때는 뭔가 다른 꿍꿍이속이 있다는 말이 아니겠는가?

최대한 빨리 뒤쪽의 사기꾼 같은 자를 처리하고 이곳을 빠져나가야 한다.

다행히 놈은 가진 무기도 없어서 처리하는 것이 어렵지는 않을 듯했다.

하지만 그들은 사운평에 대해서 몰라도 너무 몰랐다.

이가 없으면 잇몸으로라도 물어뜯는 독한 놈이 사운평이라는 걸. 머리끝에서 발끝까지 온몸을 무기로 사용할 수 있는 사람이 그라는 걸.

정주의 광귀가 지금 독이 올라 있다는 걸!

쾅!

굉음과 함께 회의인 하나가 허공을 붕 날아가서 땅바닥에 처박혔다.

상대를 날려버린 사운평은 자신이 펼친 장법이 마음에 들었는지 만족한 표정을 지었다.

"어때? 요즘 열심히 익히고 있는 건데, 감탄할 만한 장법이지?"

생각지도 못한 상황에 위지강을 공격하던 회의인이 흔들렸다.

위지강은 순간적으로 드러난 상대의 빈틈을 놓치지 않았다. 실낱같은 빈틈을 파고든 그의 검이 회의인의 어깨를 꿰뚫었다.

"크읍!"

회의인이 눈을 부릅뜨며 신음을 삼켰다.

위지강은 거기서 멈추지 않고 회의인을 향해 재차 검을 뻗었다.

검 끝에서 흘러나온 검기가 회의인의 마혈을 점했다.

검기점혈(劍氣點穴)의 경지.

그 광경을 본 사운평은 위지강의 무공 수준에 대해서 좀 더 확실한 판단을 내릴 수 있었다.

'굉장한데? 몸만 완전히 회복되면 이청산과 붙어도 지지 않겠어.'

은명곡의 소곡주라더니 명불허전이다.

더 중요한 점은 그런 고수가 천해문의 사람이라는 것이다.

자신의 부하.

사운평은 특히 그 점이 무척 마음에 들었다.

"연홍."

"예, 대형."

행여나 회의인들이 도망칠까 봐 지붕 위에서 탈출에 대비하고 있던 조연홍이 마당으로 내려섰다.

"이자들을 안으로 옮겨. 몇 가지 물어봐야겠다."

위지강과 조연홍은 만구점에서 본 회의인을 떠올리고 어깨를 부르르 떨었다.

사운평은 기름을 짜듯이 두 회의인의 머리를 짜냈다.

짜낸 만큼 돈이 흘러나온다는 것을 알기 때문이다. 정보는 곧 돈이니까.

물론 이문이 당한 것에 대해서 복수를 한다는 의미도 있었고.

위지강은 다른 뜻으로 회의인들을 추궁했다.

그 역시 알고 싶은 게 많았다. 특히 선우등호의 딸인 선우서영의 현 상황에 대해서.

그러나 집행 사자들은 그녀에 대해서 아는 것이 없었다.

철저히 짜내서 깻묵만 남은 회의인은 당연하게도 조연홍과 위지강에게 떠넘겨졌다.

"둘이 알아서 처리해."

그런데 조연홍은 손을 쓸 필요도 없었다. 위지강이 회의인의 고통을 덜어 주기 위해서 직접 숨을 끊어 주었다.

조연홍은 대신 땅을 팠다.

천하제일의 도둑답게 조연홍의 땅 파는 기술은 신기에 가까웠다.

갈고리 같은 도구로 땅을 쓱쓱 긁어 대자, 단단하던 땅이 모래처럼 부서지며 금방 석 자 깊이로 파였다.

조연홍은 그 구덩이에 시신을 구겨 넣고 뒤처리까지 완벽하게 마무리했다.

뛰어난 도둑은 흔적을 남기지 않는 법.

그날 해가 지기 직전, 사운평은 은명곡의 집행 사자 둘을 마저 찾아내서 제거해 버렸다.

이번에도 죽이는 것은 위지강이 맡았다. 뒤처리는 조연홍이 하고.

그들을 보고 사운평은 만족한 미소를 지었다.

'정말 잘 어울리는 조합이군.'

*　　*　　*

사운평과 천해문 사람들은 최대한 행동을 자제하며 임풍의 집에 틀어박혀서 지냈다.

이문도 만구점의 문을 닫고 그들과 함께 지내며 치료를 받았다.

회의인의 시신을 완벽하게 처리하긴 했지만, 세상일은 누구도 장담할 수가 없었다.

재수가 없으면, 똥개가 피 냄새를 맡고 땅을 긁어서 시신이 발견될 수도 있는 것이다.

그럴 경우 은명곡에서 범인을 찾기 위해 나설 게 뻔했다.

더구나 위지강의 말에 의하면, 은명곡의 무사들은 암살과 추적의 전문가들이라 했다.

그들이라면 사소한 단서만으로도 자신들이 범인이라는 것을 밝혀낼 수 있을지 몰랐다.

당분간은 조심하는 수밖에.

사운평으로선 차라리 잘된 일이었다. 그는 하던 일을 마저 끝내기 위해서 아예 방 안에 처박혔다.

만구점의 문이 닫힌 지 닷새째.

마침내 사운평이 무종무록의 해석을 마쳤다.

또한 그는 상천보리선공의 경지도 한 단계 끌어올렸다.

무종무록을 해석하다가 짜증이 나면 지끈거리는 머리를 식히기 위해서 수시로 운공을 했는데, 그 영향이 제법 컸다.

그는 해석한 무종무록의 무공을 조연홍과 임풍, 구광에게 가르쳐주었다.

문제는 무종무록의 무공이 너무나 높은 경지를 요구하고 있다는 점이었다.

사운평은 하는 수 없이 나름대로 초식을 단순화시켜서 가르쳐 주는 수밖에 없었다.

예를 들어서, 한 초식에 십이 식의 변화가 있다면 그중 오륙 식 정도의 변화만 가르쳐 준 것이다.

그것조차도 상당히 높은 경지의 무공이어서 세 사람은 혼신의 힘을 쏟아서 익혀야 했다.

만구점의 문이 닫힌 지 칠 일째 되던 날.

마침내 검천성과 천의산장 무사들이 철마문을 공격하기 시작했다는 소식이 전해졌다.

강호가 숨을 죽이고 상황을 지켜보았다.

강호의 사람들 대부분은 철마문의 패배를 점쳤다. 누가 생각해도 당연히 그런 결과가 나올 수밖에 없었다.

이제 철마문이 얼마나 견딜 것인가, 어느 정도가 살아남을 것인가 하는 것이 관건일 뿐.

그러나 사운평은 그들과 생각이 달랐다.

"위지 형은 은명곡과 신궁이 어떻게 나올 거라고 생각해?"

"천의산장이 세상에 본격적으로 나오면 그들도 나설 거네."

"그들까지 나오면 강호가 한바탕 뒤집어지겠군."

"그러겠지."

사운평은 위지강의 대답을 들으며 찻잔을 바라보았다.

손가락으로 잔을 톡톡 치자 찻잔 속에서 파문이 일었다.

문득 어떤 생각이 떠오른 사운평이 나직이 말했다.

"만약 지금 상황이 누군가가 의도한 바대로 흘러가고 있다면 정말 무서운 일이겠지?"

위지강의 표정이 굳어졌다.

그는 이제 사운평에 대해서 조금이나마 알고 있었다.

겉으로 보기에는 별 능력도 없는 일개 청부업자 같았다. 그런데 천하에서 내로라하는 대문파를 들쑤셔 놓고도 태연했다.

더구나 그는 강호인들 대부분이 알지도 못하는 삼룡회 모두와 알게 모르게 얽혀 있었다.

그런 사운평을 평범한 청부업자라고 할 수 있을까?

절대 아니었다.

게다가 은명곡 집행 사자를 똥개 잡듯이 두들겨 패는 그 실력…….

위지강은 절대 평범하지 않은 청부업자인 사운평이 그런 말을 했을 때는 그만한 이유가 있을 거라 생각했다.

"무슨 뜻인가?"

"별거 아냐. 그냥 갑자기 그런 생각이 들어서."

사운평은 대충 얼버무렸다. 아직은 비천문에 대해서 밝힐 때가 아니었다.

그러나 위지강도 고집이 셌다.

"그러니까 그런 생각이 왜 들었냔 말이네."

"조금 이상하거든."

"철마문이 검천성주를 공격한 것 말인가?"

저번에 사운평이 그에 대해 말한 적이 있었다. 위지강이 그때의 말을 떠올리고 물었다.

"그것도 그렇고, 오랫동안 조용하던 삼룡회가 마치 때가 되었다는 듯 일제히 모습을 드러낸 것도 왠지 석연치가 않아."

"으으음. 직접적이든 간접적이든, 누군가가 그들을 움직였다고 생각하는 건가?"

"그냥 그럴 가능성도 있다는 거지."

"만약 문주의 예상이 맞아서 현 상황이 누군가가 의도한 대로 흐르는 거라면 정말 무서운 일이네."

그때 듣고만 있던 구광이 어깨를 후드득 떨며 한마디 했다.

"여기다가 삼룡회를 결성하게 만든 자들까지 나타난다면 더욱더 복잡해지겠군."

'이미 나타났수.'

사운평은 목구멍까지 올라온 말을 꾹 눌러놓고 어깨를 으쓱했다.

"너무 신경 쓸 것 없어. 우리가 고민한다고 해서 강호의 운명이 바뀌는 것도 아니잖아? 우리는 그저 돌아가는 상황을 보면서 챙길 것만 챙기면 돼."

사실 생각해 보면 웃음이 나는 일이었다.

사람들은 알까?

낙양의 낡은 집에서 청년 몇 명이 머리를 맞대고 천하의 안녕에 대해 심각하고 고민하고 있다는 걸.

위지강이 쓴웃음을 지었다.

"하긴 그렇군."

그때였다. 뒷마당에서 열심히 초식을 연마하고 있던 조연홍이 급한 표정으로 방에 들어왔다.

"대형."

"왜? 무슨 일 있어?"

"화정루 지붕에 하늘색 천이 걸렸습니다."

第八章

백운장(白雲莊)의
청부(請負)

천이 화정루 꼭대기가 걸린 시각은 석양이 지고 있을 때였다. 아마 조연홍이 조금만 늦게 발견했으면 그날 보지 못했을 수도 있었다.

사운평은 일단 만구점의 정보원인 소삼을 보내서 유향다루의 손님을 살펴보라고 했다.

소삼은 이각이 지나서 돌아왔다.

"밝은 청삼을 입은 사람이 탁자에 혼자서 앉아 있습니다. 제가 갔을 때 앉아 있었는데, 돌아올 때까지도 일어나지 않았습니다."

"주위에 수상한 사람은?"

"특별히 주의를 끄는 사람은 없었습니다."

소삼의 말을 종합해 본 사운평은 혼자서 그자를 만나기로 하고 임풍의 집을 나섰다.

유향다루 이 층에 있는 손님은 모두 네 명이었다. 그중 밝은 청삼을 입은 중년인은 창가에 앉아 있었다.

사운평은 길에서부터 일대를 두루 살펴보고는 다루의 손님들을 마저 둘러보았다.

모두 평범한 사람들이었다.

그는 태연히 걸어가서 청삼인의 옆 탁자에 앉았다.

청삼인이 슬쩍 고개를 돌렸다. 그리고 먼저 아는 척했다.

"생각했던 것보다 늦군."

사운평은 그 말을 듣고 한 가지 사실을 유추할 수 있었다.

천해문에 연락하는 방법과 자신의 얼굴을 아는 사람은 엽청원의 일행과 백운장 사람뿐.

그런데 자신은 청삼인을 본 적이 없다.

그렇다면 청삼인은 자신이 백운장에 방문했을 당시 전각 안에 숨어서 엿보던 자일 가능성이 컸다.

"조심해서 나쁠 것은 없지요."

"거처가 이곳에서 멀리 있나 보군."

"그에 대해서는 모르시는 게 좋을 겁니다. 알면 서로 피곤해지니까요."

"중요한 일을 하다 보면 좀 더 많은 것을 알아야 할 때가 있다네."

"아는 것보다 모르는 것이 나을 때도 있죠."

사운평이 눈썹 한 올 끄떡하지 않고 받아치자, 청삼인도 사운평에 대해서 알아보려던 일을 잠시 뒤로 미루었다.

"흠, 가르쳐 주기 싫다면 할 수 없지."

"무슨 일로 찾으셨습니까?"

"선생께서 만나고자 하시네."

백운 선생을 말하는 것일 터.

"장소는?"

"북문 쪽에 청운각(靑雲閣)이라는 곳이 있네. 오늘 밤 해시 초에 그곳으로 찾아오게."

*　　　*　　　*

유향다루에서 십여 장 떨어진 곳을 지나가던 자가 다루에서 나오는 사운평을 보고 이마를 찌푸렸다.

'엇? 저놈은 얼마 전에 령주와 만났던 놈 같은데?'

그는 밀각(密閣) 제오 조 조장인 하목인으로, 사운평이 유수를 만날 당시 추적자를 이끌던 자였다.

옷차림과 머리 모양이 달라진 데다 어스름이 깔리는 시각이어서 하마터면 못 알아볼 뻔했지만 용케도 기억해 냈다.

'분명히 그놈이야.'

그는 사운평이 멀어질 때까지 시선을 떼지 않았다.

처음 볼 때만 해도 별 볼 일 없는 낭인이었다. 쳐다볼 가치도 없는 자.

그런데 지금은 왠지 모르게 가슴을 짓누르는 기세가 느껴졌다.

하목인은 그런 변화가 이상할 정도로 신경이 쓰였다. 마치 억지로 빼내려다가 부러진, 목에 걸린 생선가시처럼.

그가 생각에 빠져 있자 옆에 있던 자가 하목인을 의아한 표정으로 바라보았다.

"왜 그러십니까, 조장?"

"응? 아무것도 아니다. 그만 가자."

하목인은 수하가 묻자 몸을 돌렸다. 집결 시간이 반각도 남지 않았다. 하찮은 낭인 때문에 고민할 여유가 없었다.

사운평은 조금 전에 얼핏 본 자를 기억에서 떠올리고 이마를 좁혔다.

'유수를 따르던 자가 분명해. 그자가 나를 알아본 것 같은데……'

그가 전처럼 위지강을 찾으러 다니는지, 아니면 다른 목적이 있는지는 알 수 없었다.

중요한 것은 천의산장 무사인 그가 자신을 알아봤다는 점이었다.

사운평은 골목으로 들어가면서 슬쩍 뒤쪽을 살펴보았다. 그자가 그때까지도 쳐다보고 있었다.

'내가 천의산장에 갔던 진평이라는 것은 아직 모르는 모양이군.'

천의산장은 무종무록을 훔쳐간 사람, 자신과 조연홍을 잡기 위해서 혈안이 되어 있었다.

낙양에도 상당수 무사들이 파견되었다고 했다.

아마 철마문의 도발만 아니었다면 전력을 기울여서 강호를 뒤지고 다녔겠지. 이연연을 찾는 일 역시 멈추지 않았을 것이고.

'그러고 보면 철마문이 나와 연연이를 도와준 셈이군.'

그렇다고 해서 안심할 수는 없었다. 유수 외에 또 다른 고수와 와 있을 가능성이 컸다.

'좀 더 조심해야겠어.'

남화장으로 돌아간 하목인은 상관인 유수에게 사운평을 본 일에 대해서 보고했다.

유수가 그 이야기를 듣고 미간을 좁혔다.

"그때 포목점 앞에서 만났던 놈을 봤다고?"

"예, 유수. 겉모습이 조금 달라지긴 했지만 분명 그자였습니다."

"그가 낙양성 안에 있었던 말이지?"

유수가 혼잣말처럼 중얼거리며 반문했다. 왠지 모르게 찜찜했다. 마치 뒷간에서 일을 본 후 닦는 것을 잊고 나온 사람처럼.

"누군데 그러는가?"

조용히 자리에 앉아 있던 사십 대 후반의 중년인이 유수에게 물었다.

"운평이란 자입니다, 령주. 두 번 정도 만난 적이 있는데, 무공도 제법 강하고 간도 커서 쓸모가 있지 않을까 생각하고 있었습니다."

"그래?"

유수가 령주라 부른 중년인은 호리호리한 몸매에 나이답지 않게 피부가 하얬다.

젊었을 때 여인들과 염문 깨나 뿌렸을 것 같은 외모.

히지만 그는 여인을 좋아하지 않았다. 여인보다는 무공 익히는 걸더 좋아했고, 웃음기 띤 부드러운 표정과 달리 성격이 자잡고 실지했다.

그가 바로 칠원성군 중 하나로, 집정령주(集情令主)이자 무록을 찾는 일을 총지휘하고 있는 탐랑군 고경천이었다.

"그런데 왜 지금은 그에게 의문을 품는 건가?"

"특별한 사이도 아닌데 이 넓은 중원에서 일 년에 두 번을 만났다면 우연이라고만 할 수는 없지 않겠습니까?"

"흠, 자네 말도 일리가 있군. 그럼 그의 행동 중에 수상한 면이 있었나?"

"전에 만났을 때 위지강을 찾는 일을 도와준다고 했는데, 그 후로 한동안 낙양에서 보이지 않았습니다. 이제 와서 생각해 보니 당시 그가 했던 행동들이 이상하게 눈에 밟힙니다."

"때로는 본능이 주는 느낌이 그 어떤 정보보다 정확할 때가 있네. 한번 그자에 대해서 조사해 보도록 해."

"예, 령주."

"그건 그렇고, 그 늙은이들은 지금 어디에 있는가?"

탐랑군이 말한 '그 늙은이들'은 언송초를 비롯한 강호사괴 중 셋이었다.

그들이 낙양에 들어온 사실을 안 것은 팔 일 전. 그럼에도 지금까지 지켜보기만 했을 뿐 직접적으로 건드리지는 않았다.

그들이 강해서?

물론 강호사괴는 강하다. 하지만 그것은 이유의 일부일 뿐이었다.

오히려 강함보다 더 문제가 되는 것은 그들의 엉뚱한 행동이었다. 잘못 건드리면 두고두고 머리를 싸매야 할지 모르는 것이다.

또한 지켜보다 보면, 그들과 함께 천의산장에 들어왔다는 수상한 자들을 찾을 수 있을지도 몰랐다.

그래서 지켜보기만 했던 것인데, 이제는 시간이 없었다.

철마문과의 전쟁이 막을 올린 상황. 최대한 빨리 일을 마무리 짓고 산장으로 돌아가야 했다.

"백마사에 있습니다."

"내일 내가 직접 그들을 만나겠다. 어디로 가지 못하도록 철저히 지켜봐라."

"예, 령주."

*　　*　　*

청운각은 북문에서 좌측으로 백여 장 떨어진 곳에 있었다.

크고 작은 건물 세 채로 이루어진 그곳의 주인은 낙양의 거부인 노중락이었는데, 학사들이 자주 모여서 논담을 나누는 장소로 유명했다.

하지만 그것은 겉으로 드러난 사실일 뿐, 실제 주인은 백운 선생 백원양이었다.

사운평이 청운각에 도착했을 때는 막 해시가 되었을 때였다.

그를 기다리고 있었던 듯 정문 앞에 선 그가 두드리기도 전에 문이 저절로 열리고, 삼십 대 장한이 그를 맞이했다.

"어디에서 오셨소?"

"천해문."

"들어오시오."

삼십 대 장한이 빗장을 걸고는 그를 안으로 안내했다.

그가 안내한 방에는 두 사람이 먼저 와 있었다.

한 사람은 백운 선생 백원양이었고, 한 사람은 사십 대 초쯤으로 보였는데 처음 보는 자였다.

"오느라 수고했네."

"별말씀을. 그런데 손님이 더 계셨군요."

"믿을 만한 사람이니 걱정하지 않아도 되네."

"그렇다면 다행이군요. 저는 일을 할 때 모르는 분과는 함께 하지 않는 성격이어서 말이죠."

사실 그럴 만한 경우도 거의 없었다. 자신이 직접 찾아가서 의뢰를 받은 경우가 대부분이니까.

"나는 나승이라고 한다. 젊은 친구답지 않게 철저하군."

"과찬이십니다."

"일단 앉게."

백원양이 맞은편 자리를 가리켰다.

사운평은 망설이지 않고 자리에 앉고는 무척 바쁜 척했다.

"무슨 일로 부르셨습니까? 바빠서 오래 앉아 있을 시간이 없으니 본론을 말씀해 보시지요."

바쁜 사람에게 일을 시키려면 대가를 더 줘야 한다는 걸 그는 아홉 살 때 배웠다. 정말 경험은 훌륭한 선생이었다.

"자네와 거래할 것이 있어서 불렀네."

"중요한 이야기라면 밖에 있는 사람들은 물려 주시죠. 비밀이란 들은 사람이 적을수록 좋은 법이니까요."

사운평은 자신이 쉬운 사람이 아니라는 것도 알게 했다.

실력이 있다는 걸 알아야 더 많은 수당을 불러도 거부 반응을 보이지 않으니까.

"모두 물러가 있게."

백원양이 사람들을 물렸다.

사운평은 그제야 앞에 놓인 찻잔을 들어 입술을 적셨다.

나승이란 자가 그런 사운평을 보며 미미하게 고개를 끄덕였다.

'감탄하긴. 그 정도야 기본이지.'

사운평은 자신의 처리에 만족하며 찻잔을 내려놓았다.

"거래의 내용에 대해서 말씀해 보시죠."

"알아봐 주었으면 하는 게 두어 가지 있네."

"백운장에도 적지 않은 사람이 있는 것으로 압니다만. 굳이 저희에게 맡길 이유라도 있습니까?"

"우리가 직접 나설 수 없는 사정이 있네."

그러니까 자신을 부른 거겠지.

사운평도 백원양의 마음을 이해했다. 나서지 못하는 이유를 아니까.

"자세한 것을 알아야 적절한 비용을 산출할 수 있을 것 같습니다만."

"먼저 한 사람을 찾아 주게."

"누굽니까?"

"귀령자(鬼靈子) 갈원이란 사람이네."

사운평은 재빨리 기억의 창고를 뒤져보았다.

처음 듣는 이름이었다.

이문이라면 알까?

그럴지도 모른다.

"아마 자네는 잘 모를지도 모르네. 그 이름을 아는 사람은 무척 적으니까."

그렇다면 자신이 모르는 것도 부끄러울 게 없다.

"제가 강호인 수천 명의 이름을 기억하고 있는데, 어쩐지 생각이 나지 않는다 했지요."

솔직히 그 정도는 되지 않는다. 그래도 목에 힘을 주어 말했다.

어차피 확인할 것도 아닌데, 뭐.

"갈원이라는 자에 대해서 알고 계신 대로 말씀해 주시죠. 솔직히 이름만 갖고 천하를 다 뒤질 수도 없잖습니까?"

"갈원은 기관과 기문진에 대한 전문가네. 그자가 마지막으로 모습을 드러낸 곳은 장안이지. 천도맹의 요청으로 진시황릉을 찾고 있다는 소문이 돌았었네."

"진시황릉을 찾아요?"

"삼 년 전에 들은 소문이니 그가 아직도 진시황릉을 찾아 헤매는지는 알 수 없네. 천도맹에서 진짜로 그에게 일을 시켰는지도 확인이 되지 않았고 말이야."

"그럼 지금은 장안에 없을 수도 있겠군요."

"그래서 자네에게 찾아달라는 거네. 자신 없으면 지금이라도 말하게."

"하, 하, 하. 뭐 자신 없는 것은 아니고, 정보가 너무 적어서 말이죠."

"우리도 그 이상은 알지 못하네."

사운평은 백원양이 뭔가를 숨기고 있다는 걸 느꼈지만 모른 척했다. 아직 들어 볼 말이 남아 있었다.

"맡기실 일이 더 있다고 하셨는데, 마저 말씀해 보시죠."

"물건 하나를 찾아 주게."

"어떤 물건입니까?"

물건을 찾는 거라면 그나마 나을 것 같다. 사람처럼 제멋대로 도망 다니지는 않을 테니까.

사운평은 담담히 묻고 찻잔을 입에 댔다.

그에 대해선 나승이 말했다.

"우리가 알기로, 그 물건은 가죽으로 싸인 목함에 들어 있다. 그 안에는 책과 동판이 있는데……."

사운평은 차를 마시다 말고 멈칫했다.

나승의 말이 이어졌다.

"동판은 모두 다섯 장으로 알려져 있다. 그리고 그 동판에는 정교한 그림이 새겨져 있지."

사운평은 하마터면 입 안에 든 차를 뿜을 뻔했다.

하지만 놀란 가슴을 가까스로 가라앉히고 최대한 태연한 표정을 지었다.

'뭐, 뭐야? 이자들도 무총도를 찾는 거야?'

놀란 건 놀란 거고, 어쨌든 사운평은 그 물건이 어디에 있는지 알고 있었다.

'귀령자에 대한 조사보다는 쉽겠는데?'

그때 나승이 한마디 더하고 말을 맺었다.

"우리는 그 물건이 검천성으로 흘러들어갔을 거라 짐작하고 있다."

'호오, 그것까지 알아?'

사운평은 아무것도 모르는 것처럼 질문을 던졌다.

"그 물건이 무엇이기에 찾으려는 겁니까?"

"그건 말해 줄 수 없다."

"검천성에 그와 비슷한 목함이 수십 개 있을지도 모르는데, 뭔지 알아야 찾든 말든 할 것 아닙니까? 최소한 어떤 그림이 새겨져 있는지, 어디에 쓰는 것인지 그거라도 알아야지요."

나승이 고개를 돌려서 백원양을 바라보았다.

백원양이 잠시 고민하더니 간단하게 말해 주었다.

"우리가 원하는 것은 동판이네. 사실 그 동판은 다른 사람에게 별 쓸모가 없지만 우리에겐 매우 중요하네. 조상들의 흔적을 찾을 수 있는 단서가 그려져 있으니까 말이야."

"지도 같은 것이 그려져 있나 보군요."

"그 비슷한 거라고 보면 되네. 더는 대답해 줄 수 없으니 그 정도만 알게."

사운평도 더 묻지 않았다.

때로는 알고 싶어도 참아야 할 때가 있는 법. 더 깊은 내용을 파고드는 것은 무척 위험했다.

'조상의 뿌리를 찾는 단서가 그려져 있다? 그러니까, 그게 정말 지도 비슷한 거란 말이지?'

정말 세상은 요지경이다.

그럼 사부가 거짓말처럼 말한 것이 사실이 되어 버린 건가? 아니면 이들도 그 동판을 무총도라고 착각하고 있는 거?

어쨌든 물건을 찾는 일은 해 볼 수 있을 것 같다. 조연홍이 그 물건 근처까지 갔던 적이 있었잖은가 말이다.

문제는 귀령자 갈원을 찾는 일인데……

'까짓거, 천도맹을 뒤져 보다 보면 어디선가 걸리겠지.'

사운평은 단순하게 생각하기로 했다.

"좋습니다. 저희가 해 보지요. 단, 검천성과 천도맹이 관여되어 있는 일이라면 위험부담이 무척 큰 만큼 청부금을 많이 주셔야 할 것 같습니다."

"얼마를 원하는가?"

사운평은 심호흡을 한 뒤 손을 들고 손가락 하나를 폈다.

"황금…… 천 냥. 깎진 마쇼."

잠시 후.

청운각을 나선 사운평은 뜨겁게 달아오른 가슴을 식히기 위해서 숨을 깊게 들이켰다.

'후우, 황금 천 냥짜리 청부란 말이지? 정말 이 길로 들어서길 잘했군.'

살수 짓 백날 해 봐야 잘못하면 한 방에 훅 간다. 아니면 청부를 의뢰한 놈한테 뒤통수를 맞고 뒈질 수도 있고.

물론 비밀스런 일을 조사하는 것도 위험하기는 마찬가지다.

그러나 약속만 잘 지켜 주면, 무엇보다 안전장치만 잘해 놓으면 최소한 살수 짓보다는 덜 위험하다.

그리고 결정적으로, 이번처럼 한 방 터지면 액수가 컸다.

'이번 일만 성공하면 부자가 되겠군.'

백원양과 나승은 사운평이 나간 뒤로 묵묵히 찻잔을 비웠다. 그들은 정문에서 빗장 걸리는 소리가 난 후에야 입술을 떼었다.

"그가 정말 알아낼 수 있다고 보십니까?"

"글쎄. 가능성은 크지 않지만, 왠지 믿어 보고 싶네."

"제가 본 그는 특별할 것도 없는 평범한 청부업자에 불과했습니다. 그런데 령주께선 그의 무얼 보고 선수금으로 황금 이백 냥이나 주면서 그에게 일을 맡기기로 하신 겁니까?"

"나는 지금까지 철저하게 이것저것 따지면서 살아왔네. 사람들은 세상을 살면서 한 번쯤은 모든 것을 걸고 모험을 할 때가 있는데, 나는 그런 적이 없었지. 그런데 그는 그토록 철저한 나에게 모험을 할 마음을 들게 했어. 나는 그것만으로도 그를 높이 평가하고 있다네."

나승이 미간을 좁히며 어깨를 으쓱하고는 고개를 저었다.

"솔직히 저는 령주의 마음을 모르겠습니다."

"복잡하게 생각할 것 없네. 성공하면 열 배 이상의 이익을 얻는 거고, 실패하면 이백 냥을 날리는 것이지. 성공할 확률이 삼 할만 되도 손해 볼 것 없는 일이야."

"그건 그렇습니다만…… 좌우간 제가 따라다니면서 그를 철저히 살펴보고, 아니다 싶으면 알아서 처리하겠습니다."

"그렇게 하게. 단, 성급하게 처리하진 말게나."

"알겠습니다."

나승은 그쯤에서 사운평에 대한 불만을 누르고 화제를 돌렸다.

"강호사괴의 일은 어떻게 하실 생각이십니까?"

"궁주께 보고를 올렸으니 곧 결정이 나겠지."

"천의산장 놈들이 그들을 주시하고 있습니다. 잘못하면 엉뚱한 불똥이 튈지도 모릅니다."

"어차피 천의산장이 복수라는 핑계를 대고 본격적으로 활동을 시작한 판이네. 어쩌면…… 때가 된 것인지도 모르지."

나직이 말을 맺은 백원양의 눈빛이 깊이를 알 수 없는 무저갱처럼 가라앉았다.

나승도 그가 한 말의 뜻을 알기에 입을 꾹 닫았다.

'하긴 그동안 참고 지내 온 세월을 생각하면 터질 때가 되긴 했지.'

*　　　*　　　*

"일을 따 왔어."

그 말과 함께 사운평이 금자 열 냥짜리 전표 스무 장을 내놓았다.

"이, 이게 얼마야?"

"금자 이백 냥. 선수금이야. 성공하면 팔백 냥을 더 받기로 했지."

사운평은 커다란 사냥감을 물고 온 호랑이처럼 눈에 잔뜩 힘을 주고 사람들을 둘러보았다.

'어때? 이 문주의 솜씨가.' 그렇게 말하고 싶은 표정으로.

마주 앉은 사람들은 앞에 놓인 전표를 보고 각양각색의 표정을 지었다.

황금 이백 냥! 은자로 따지면 약 사천 냥!

그 거금이 선수금이란다.

설마 훔쳐온 것은 아니겠지?

오죽했으면 대부분이 그렇게 생각했다.

"해야 할 일은 두 가지야."

사운평은 목에 힘을 주고 할 일을 설명했다.

그의 설명이 길어지면서 검천성과 천도맹의 이름이 나오자, 전표에 쏠려 있던 눈길이 천천히 사운평을 향했다.

천도맹도 검천성과 함께 신주구세에 속한 거대 문파다. 잘못하면 신주구세 중 두 곳과 마찰을 빚을지도 모를 일.

'문주가 미쳤군!'

'그럼 그렇지!'

마치 그렇게 소리치고 싶은 눈빛이었다.

다만 한 사람, 조연홍만은 두 번째 일거리에 대한 설명을 듣고 눈빛을 반짝였다.

사운평도 그런 반응이 있을 거라 예상했기에 몇 마디 말을 더해서 그들을 안심시켰다.

"너무 걱정할 것 없어. 그들과 싸우려는 것이 아니니까. 일단 검천성 건은……."

사운평의 시선이 조연홍을 향했다.

"나와 연홍이 책임지고 처리할 거야. 위지 형과 구 형, 임풍은 귀령자 갈원이라는 자에 대해서 조사해. 너무 무리하지는 말고 할 수 있는 데까지만 해. 데려오는 게 힘들다 싶으면 나와 연홍이 합류해서 마무리 지을 테니까."

막상 설명을 듣고 나니 못 할 것도 없을 것처럼 여겨졌다. 그런데 초혜가 눈을 깜박이며 물었다.

"저는요?"

"너는 영소하고 여기 있어. 괜히 따라가 봐야 방해만 되니까."

초혜는 입술을 삐죽이며 불만스런 표정일 지었다.

그때 위지강이 물었다.

"언제까지 해야 하는가?"

"목표 기한은 한 달. 부득이한 상황이 발생해도 두 달 안에 끝내야 돼."

"출발은 언제 할 거지?"

"이틀 후에. 그동안 필요한 물건 있으면 준비하도록 해."

간단하게 회합을 마친 사운평은 이문을 찾아갔다.

이문은 누에처럼 팔다리가 똘똘 묶인 채 침상에 누워 있었다.

임풍의 말에 의하면, 뼈가 제대로 붙으려면 석 달은 걸린다고 했다. 그때까지는 침상에 누워서 먹고 싸야 했다.

"이 숙, 갈원이라는 이름 아쇼? 별호가 귀령자라는데."

"갈원?"

이름을 되묻고 고개를 갸웃거리던 이문이 갑자기 동작을 멈췄다.

"별호가 귀령자라고 했지?"

"예."

"들어보긴 했네. 하지만 나도 그에 대해서는 아는 게 많지 않아. 최근의 이야기는 들은 적도 없고. 왜 그를 찾는 건가?"

사운평은 먼저 간략하게 사정을 설명했다.

"……그래서 찾으려는데, 장안에 가서 바로 찾으면 좋은데, 다른 곳으로 갔으면 골치 아플 것 같습니다. 아는 대로 말해 주쇼."

"귀령자는 원래 제갈세가 사람이었네. 그런데 무슨 일 때문인지 파문을 당하고 쫓겨났지. 그 후 강호를 돌아다니면서 기관술과 기문진으로 알게 모르게 이름을 날렸네. 그러나 이름만 났을 뿐 그를 실제로 만나 본 사람은 많지 않아."

"모습도 알려지지 않았습니까?"

그때 이문이 아주 괜찮은 내용을 하나 말했다.

"사람들이 그를 귀령자라고 부른 것은 그의 외모가 진짜 귀신처럼 섬뜩하기 때문이었네. 그자에 대해 말해 준 상 노인은 실제로 그를 본 적이 있었는데, 심한 매부리코에 양쪽 눈초리가 위로 찢겨 올라가서 밤에 보면 진짜 무섭다고 했지."

*   *   *

이문은 많은 생각을 하면서 눈을 뜬 채 밤을 지새웠다.

그동안의 삶이 주마등처럼 눈앞을 흘러갔다. 때로는 즐거울 때도 있었지만, 고통과 슬픔으로 보낸 날들도 많았다.

열두 살 때 혼자가 된 후 먹고살기 위해서 안 해 본 일이 없었다.

객잔의 점소이, 책방의 점원, 흑도문파의 졸개……

그러한 일을 하면서 정보가 중요한 것을 알았고, 마침내 나이 스물둘에 자신의 가게를 차렸다. 그리고 자신의 뜻을 따르는 사람 몇과 함께 정보 장사를 시작했다.

처음에는 사소한 뒷골목 정보가 대부분이었다. 그런데 시간이 흐르면서 낙양성의 온갖 정보가 그에게로 모였다.

두려움을 느낀 것은 그때가 처음이었다.

사람들, 특히 힘을 지닌 사람들은 자신들에 대한 정보가 남의 입을 통해서 전해지는 걸 좋아하지 않았다. 그들의 비위를 거스르면 목이 달아나는 것은 한순간이었다.

그는 그 사실을 일찍 간파하고 자신을 더욱 깊숙이 숨겼다.

그렇게 세월이 흐르자 그가 수집한 정보는 점점 많아져서 낙양은 물론 강호에 대한 정보까지 산더미처럼 쌓였다.

그는 땅 깊숙이 비밀 창고를 만들고 그 정보를 체계적으로 정리해서 감췄다. 그러고는 오직 자신만이 창고의 문을 열 수 있게 했다.

그 비밀 창고는 자신이 지닌 힘의 원천이자 보고였다.

그는 그 비밀 창고가 있는 한 세상 누구도 부럽지 않았다. 금 나와라 뚝딱 하면 금이 나오는 곳이 바로 자신의 비밀 창고였으니까.

그런데…… 며칠 전에야 새로운 사실을 깨달았다.

비밀 창고는 자신을 지켜 주지도 못했고, 처절한 고통을 겪는 것도 막지 못했다.

자신의 몸을 전처럼 되돌려 놓지도 못할 것이고, 앞으로 걷는 데도 아무런 도움이 되지 못할 것이었다.

현재의 그에게 비밀 창고는 아무런 쓸모도 없었다.

심지어 초혜의 요리만도 못했다. 그저 정보가 썩어 나가는 곳일 뿐.

천천히 눈을 감았다 뜬 이문은 한숨을 길게 내쉬었다. 그러고는 초혜를 자신의 방으로 불렀다.

"부르셨어요, 아저씨?"

"네가 만구점에 좀 다녀와야겠다."

"시키실 일이라도 있어요?"

"가서 철마문에 대한 정보가 담긴 책을 가져와."

"비고(秘庫)를 여는 방법은 아저씨밖에 모르잖아요?"

"내가 여는 방법을 알려 주마. 열쇠도 주고."

"예?"

초혜는 그의 말이 무슨 뜻인지 알기에 눈을 동그랗게 떴다.

"앞으로는 네가 비고를 관리해라. 아니, 만구점을 다 가져."

"……."

초혜는 입을 반쯤 벌린 채 벙 찐 표정으로 이문을 주시했다.

"저, 아저씨. 이제 머리도 아프세요?"

"어제까지는 무지 아팠다. 그런데 이제 안 아파. 골칫덩어리인 창고를 너에게 떠넘기기로 결심했더니 아프기는커녕 너무 시원하구나."

"왜 만구점을 저에게 주시는 거예요?"

"나에게는 이제 필요 없는 것이거든. 그리고 너라면 나보다 더 잘할 것 같아서 주는 거다."

초혜는 이문의 말이 진심이라는 걸 알고 눈을 껌벅였다.

만구점의 규모는 남들이 아는 것보다 컸다. 게다가 비밀 창고의 가치는 상상을 불허했다.

그런데 그걸 그냥 준다고?

'혹시 무슨 꿍꿍이가 있는 것 아냐?' 남들이라면 그렇게 생각할지 모른다.

하지만 초혜의 배포는 남들이 아는 것보다 훨씬 컸다.

그녀는 일말의 의심도 품지 않고 한입에 만구점을 삼켜 버렸다.

"주신다면 받죠. 근데 아깝지 않으세요?"

"아깝긴 무지 아깝지. 그래서 너에게 대가를 조금 받을 생각이야. 팔다리 제대로 움직이지도 못하는 병신은 먹고살기도 힘들거든. 그러니 죽을 때까지 나를 먹여 살려야 해. 식사는 하루 세 끼면 되고, 사흘에 한 번은 술도 줘야 돼. 네 할아버지가 담근 술이면 더 좋고."

"차라리 이렇게 하면 어때요?"

"어떻게?"

"제가 딸이 되어 드릴게요."

"……"

이번에는 이문이 아무 말도 못 했다.

갑자기 가슴이 먹먹해져서 입을 열 수가 없었다.

딸이 되어 준단다. 저 예쁜 초혜가.

그럼 자신은 초혜의 아버지가 되는 건가?

왜 그 말에 이렇게 눈이 떨리지?

"싫으세요?"

"아, 아니."

"그럼 그렇게 해요. 제가 딸이 되면 만구점을 이어받는 것이 자연스럽잖아요. 앞으로 영업하기도 훨씬 나을 것이고요."

이문은 진심으로 감탄했다.

확실히 자신이 보기는 잘 봤다. 초혜는 말 몇 마디로 앞으로 닥칠 어려움을 대부분 해결해 버렸다.

자신은 딸을 얻고!

자신이 평생 동안 결정한 선택 중 가장 멋진 선택을 한 것 같다.

"저, 정말 내 딸이 되어 줄 거냐?"

"그럼요. 아마 제 아버지가 살아 계셨으면 아저씨와 나이가 비슷하셨을 거예요. 그래서 그런지 저도 항상 아저씨를 볼 때마다 아버지가 생각나곤 했어요."

"고맙다, 초혜야."

"고마우면 빨리 나아서 일어나세요. 일어나셔서 저를 도와주셔야죠."

진짜 대단한 아이다. 벌써 자신을 부려먹으려 하다니.

그래도 싫지 않았다. 딸이니까.

"그, 그래. 어서 나아서 일어나야지."

*   *   *

"총사, 이연연에 대한 소식은 아직 없습니까?"

"아직 찾지 못했습니다, 소공."

"제가 본 장의 정보력을 너무 과대평가했나 보군요."

"세상은 생각 외로 넓습니다. 산장의 정보력이 아무리 뛰어나다 해도 몸을 숨기로 마음먹으면 찾기가 쉽지 않지요."

담담히 대답하던 우개양이 공손건의 눈을 직시했다.

"소공, 그녀의 소식이 그렇게 궁금하십니까?"

공손건의 눈빛이 찰나간 흔들렸다.

"궁금하다기보다… 시간이 흘러도 찾지 못한 것이 의아해서요."

"정확한 말씀을 하셔야 제가 도울 수 있습니다."

"무슨… 말씀이십니까?"

"그녀는 노장주께서 극찬을 한 여인입니다. 사실 주 공자보다는 소공께 어울리는 여인이지요."

"……."

"주 공자께서 돌아가신 일이 안타깝긴 합니다만, 어쩌겠습니까, 돌아가신 분은 돌아가신 분이지요. 이제 소공께서 그녀를 찾는다 한들 아무도 뭐라 하지 않을 겁니다."

"정말… 그렇게 생각하십니까?"

"그렇습니다. 이 일 때문에 대공께 혼나는 한이 있어도 이 우개양은 소공의 편을 들 겁니다. 그러니 사실대로 말씀해 주십시오. 그녀를 찾고 싶습니까?"

우개양이 확신을 가진 투로 말하자, 공손건도 더 이상 자신의 마음을 숨기지 않았다.

"예, 찾고 싶습니다, 총사."

대답하는 공손건의 눈에서 뜨거운 열기가 피어났다.

우개양은 그 모습을 보고 미소를 지었다.

십수 년 동안 공손건을 옆에서 지켜본 그였다. 그에게는 공손건이 조카나 다름없었다. 무엇이든 해 주고 싶은 사랑스런 조카.

"사실 주 공자가 돌아가신 후 이연연을 찾는 일에 소홀해진 것은 사실입니다. 하지만 이제부터는 제가 철저히 챙겨서 찾도록 하겠습니다."

"고맙습니다, 총사."

"설령 우리가 찾지 못한다 해도, 그녀가 주 공자가 살해당한 소식을 들었다면 이가장으로 돌아갈 겁니다. 그러니 너무 마음 쓰지 마시고 기다리십시오."

"알겠습니다. 총사의 말대로 하지요."

"아! 대공께서 신궁의 상관 소저를 소공의 배필로 맞이할 것인지 고민하고 있습니다."

"아버님이?"

"그 일에 대해서는 일단 지켜보기만 하십시오. 나쁠 것은 없으니까요. 부인을 꼭 하나만 얻으라는 법은 없지 않겠습니까?"

"이연연만 얻을 수 있다면, 누가 내 부인이 되어도 상관없습니다."

"노력해 보도록 하겠습니다."

"노력 정도로는 안 됩니다. 반드시, 반드시 그녀를 데려와야 합니다. 무슨 대가를 치르더라도."

공손건의 눈에 피어난 열기가 불길처럼 뜨거워졌다.

예상했던 것보다 더 격한 반응.

우개양의 입가에 떠있던 미소가 옅어졌다.

그는 남자나 여자가 사랑에 눈이 멀면 어떻게 되는지 잘 안다. 적당한 집착은 좋지만, 그 집착이 과해지면 극단적인 결과를 가져올 수도 있다.

'소공의 냉정함이라면 이겨낼 수 있겠지.'

그는 공손건을 믿었다.

공손건은 총명하고 냉정한 청년이니까.

지금은 처음으로 찾아온 사랑의 열기에 뜨겁게 달아올라서 앞뒤 가릴 정신이 없겠지만 곧 냉정을 되찾겠지.

"두어 달만 기다려 주시면 어떻게든 데려오겠습니다."

그는 최대한 기간을 늘려 잡았다.

그 정도면 만약의 경우 그녀를 찾지 못한다 해도, 공손건이 냉정을 되찾는 시간으로 충분하리라.

하지만 그가 모르는 게 있었다.

아는 것과 실제는 다를 수도 있다는 걸. 더구나 사랑에 관계된 일이라면 하늘조차 짐작할 수 없다는 걸.

第九章

삼괴(三怪)와
계약(契約)하다

"문주, 남화장에 있던 천의산장 무사들이 백마사로 향하고 있습니다."

아침 식사가 끝날 무렵, 소삼이 찾아와서 천의산장 무사들의 움직임을 말해 주었다.

사운평은 그 말을 듣고 이마를 찌푸렸다.

백마사라면 자신도 나름대로 인연이 있는 곳이다. 그리고 지금 그곳에는 언송초 조손과 풍죽괴, 삼불자 규탁이 머물고 있다.

그들은 자신이 진평이었다는 걸 아는 사람들. 만약 천의산장에서 그들을 잡아 추궁한다면 자신의 정체가 드러날지도 모른다.

사운평은 칼을 들고 일어났다.

"각자 알아서 준비들 하고 있어. 나는 잠시 백마사에 갔다 올 테니까."

"저번처럼 또 사라지는 건 아니겠지?"

임풍이 걱정스런 표정으로 물었다.

"걱정 마. 이제는 그럴 일 없으니까."

백마사에 들어선 천의산장 무사들은 곧장 언송초의 거처로 몰려갔다.

그들의 거침없는 행동을 본 승려들은 막을 생각도 못 하고 지켜보기만 했다.

먼저 유수가 나서서 언송초를 불러냈다.

"언 선배, 잠시 이야기를 나누었으면 합니다. 나와 보시지요."

방을 나온 언송초는 우르르 몰려온 천의산장 무사들을 보고 웃음을 지었다.

모두 열서너 명. 기세만 봐도 보통 놈들이 아니었다.

"허허허허, 무슨 일로 이 늙은이를 찾아온 건가?"

"한 가지 알아볼 것이 있어서 왔소이다."

"그대는 뉘신가?"

"천의산장의 유수, 전웅선이라 하외다. 아마 언 선배께선 잘 모르실 겁니다."

"흠, 천의산장에 이십팔수의 이름을 딴 사람들이 있다는 말은 들었지. 그래, 이 늙은이에게 무얼 물어보겠다는 건가?"

"장주님의 칠순 때 천의산장을 방문하셨던 일을 잊지는 않으셨을 겁니다."

"당연하지. 노부가 아직 노망들지도 않았는데 어찌 그 일을 잊겠나?"

"그날 언 선배께선 손녀분과 함께 일찍 떠나신 걸로 압니다."

"그랬지."

"왜 그렇게 일찍 떠나신 겁니까?"

"노부는 시끄러운 걸 굉장히 싫어한다네. 그래서 더 시끄러워지기 전에 나와 버렸지. 왜, 그럼 안 되는 거였나?"

"이미 아시겠지만, 당시에 산장에서 불미스러운 사건이 있었습니다. 그런데 때맞춰서 떠나셨으니 당연히 저희로선 의심할 수밖에요."

"노부가 그 일을 저지르기라도 했단 건가? 허어! 이거 참. 어쩌다 이 언송초가 그런 오해를 받게 된 거지? 자네가 뭘 모르는데, 법 없이도 살 수 있는 사람이 바로 이 언송초라네."

유수는 그 말을 눈곱만큼도 믿지 않았다.

막 방에서 나온 풍죽괴와 삼불자 역시도.

"법이 얼어 죽었군."

"부처님 앞에서도 쉰 소리 하는 걸 보니 죽기 전에 철들긴 글렀구 면."

"이 사람들이! 내가 법을 어긴 적이 있으면 말해 보게."

"친구도 속이는 놈이 무슨 짓을 못 해? 이봐, 유수라고 했지? 이 친구가 무슨 잘못을 저질렀나? 어디 말해 봐. 내가 밝혀 낼 테니까."

"그러게 남을 속이면 안 된다니까."

"자네들 정말 그럴 건가? 나는 절대 나쁜 짓 한 적이 없다니까!"

"네 말을 믿는 놈이 미친놈이지."

세 사람이 정신없이 떠들어대자 유수의 이마에 골이 파였다.

그때 탐랑군이 나섰다.

"우리도 언 선배를 의심하는 것은 아닙니다. 언 선배를 범인으로 생각했다면 이렇듯 대화를 나누고 있지 않겠지요. 다만 언 선배가 데려온 사람들, 그들에 대해서 알고 싶을 뿐이지요."

서로를 잡아먹을 것처럼 떠들던 세 사람이 말을 멈추고 탐랑군을 쳐다보았다.

"그댄 또 누군가?"

"고경천이라 합니다."

언송초의 눈매가 찰나 간 흔들렸다.

"옥면설풍검(玉面雪風劍) 고경천?"

"강호활동을 안 한 지 십 년이 지났는데도 기억해 주시다니, 영광입니다."

고경천은 강호사괴라 해도 얕볼 수 없는 고수였다. 천의산장에서 십 년을 지낸 지금은 그들보다 더 강할지도 몰랐다.

"조금 전에 우리와 함께 온 사람에 대해 물었나?"

"그렇습니다. 그자들 역시 언 선배께서 산장을 빠져나갔을 때 사라졌습니다. 그래서 우린 언 선배 조손이나 풍죽괴 선배보다 그자들을 더 의심하고 있지요. 특히 진평이란 자를 말이지요."

"그렇다면 말하기가 편하군. 노부와 소소는 그 진평이란 놈을 천의산장에 들어가던 날 처음 봤다네. 그래서 아무것도 알지 못한다네. 됐나?"

"방명록에는 언 선배가 데려온 사람으로 되어 있었습니다."

"그거야 노부가 그렇게 적은 것인가? 서기가 적었지."

단지 자신은 '일행입니까?' 하는 말에 그렇다고만 했을 뿐이다.

"모른다면서 왜 서기가 적을 때 그냥 놔두었습니까?"

"이러니저러니 하는 것도 귀찮거든. 그래서 놔두었지. 설마 이런 일이 있을 줄 노부가 어찌 알았겠나?"

"진평이란 자와 나눈 이야기를 해 주시겠습니까? 잘하면 그 이야기 속에서 단서를 찾을 수 있을지도 모르니까요."

"후우, 솔직히 말하지. 나는 그놈의 말을 하나도 믿지 않는다네. 알고 보니 나보다 더한 사기꾼이지 뭔가? 자네도 알걸? 그놈이 공손건의 초대를 받아서 간 일 말이야."

고경천도 알고 있었다.

그 일 때문에 공손건은 엄청난 충격을 받고 한동안 아무 일도 하지 못했다.

"어쨌든 그가 한 이야기를 해 주시지요. 무엇이든. 판단은 제가 내리겠습니다."

"글쎄, 잘 기억이 나지 않는군."

"정말 계속 이러실 겁니까?"

"기억이 나지 않는데 어떡하란 말인가?"

고경천의 표정이 싸늘하게 식었다. 그는 더 이상 부탁조로 말하지 않았다.

"이 정도면 저로선 할 만큼 한 것 같군요. 경주(敬酒)를 마다하고 벌주(罰酒)를 마시겠다면 어쩔 수 없지요."

그가 냉랭한 어조로 말하자, 품죽괴가 눈을 치켜떴다.

"힘으로 누르겠다? 천의산장이 대단하긴 대단하군. 우리 늙은이들을 이렇게 무시하다니."

고경천의 입술 끝에서 가느다란 웃음이 피어났다. 조소였다.

"강호사괴가 뭐 그리 대단해서?"

"뭐야?"

"지금부터 벌어지는 일은 당신들이 자초한 것이니 우리를 원망하지 마라."

그제야 언송초의 얼굴에서 웃음기가 사라졌다.

사실 그는 천의산장이 이렇게까지 강하게 나올 줄은 생각도 못 하고 있었다. 그래서 천의산장이 주시한다는 걸 알면서도 느긋이 백마사에 머물 수 있었던 것이다.

'이상하군. 이연연의 실종 때문이라면 이렇게 나올 수가 없는데?'

그때 문득 한 가지 밝혀지지 않은 일이 떠올랐다.

'그 빼빼 마른 놈.'

사운평은 대충 얼버무렸지만, 그놈이 무슨 일인가를 저지른 것이 분명했다. 천의산장이 극단적인 선택을 주저하지 않을 만큼 큰일을.

'그놈들 때문에 이게 무슨 꼴이야?'

그가 속으로 사운평을 씹고 있는데 풍죽괴가 더 참지 못하고 나섰다.

"이런 건방진 놈!"

버럭 소리친 풍죽괴가 앞으로 튀어나가며 옆구리에 매달린 꼬챙이처럼 생긴 검을 뽑아서 뻗었다.

고경천은 조금도 당황하지 않고 검을 뻗어서 맞섰다.

쩌저정!

청명한 소리와 함께 두 사람의 검이 번개처럼 두어 차례 오갔다.

그 사이 고경천의 뒤에 서 있던 천의산장 무사들이 좌우로 쫙 갈라졌다.

유수와 밀각의 무사 여덟, 탐랑군의 직속 수하 다섯. 모두 열셋이었다.

특히 그들 중에서도 탐랑군의 직속 수하들은 모두가 일류 고수다. 셋이면 절정 고수도 상대할 수 있는 실력자들.

풍죽괴는 고경천의 검세가 예상보다 훨씬 더 강하자 일단 뒤로 물러섰다.

"흥! 젊은 놈이 제법이구나! 하지만 그딴 실력으로는 노부를 꺾을 수 없을 거다!"

고경천도 공력을 더 끌어올렸다. 일 수 대결로 자신감이 생긴 그는 더 이상 공격을 망설이지 않았다.

"모두 공격해! 늙은이들은 죽여도 상관없다. 저 계집만 살려서 잡아라!"

"잠깐 멈춰라!"

갑자기 언송초가 빽 소리쳤다.

공격하려던 천의산장 무사들이 멈칫했다.

고경천도 언송초가 마음을 바꿨나 보다 생각하고, 나서려던 걸음을 멈추었다.

그 순간, 언송초가 기회를 놓치지 않고 소리쳤다.

"가세!"

언소소는 그 말이 떨어짐과 동시에 뒤로 몸을 날렸다. 풍죽괴와 삼불자도 그럴 줄 알았다는 듯 즉시 땅을 박찼다.

"흥! 어림없다!"

냉랭히 코웃음 친 고경천이 신형을 날리며 뒤쫓아 갔다.

언송초 등은 백마사의 담장을 넘자마자 꼬리를 잡혔다.

늙은 몸으로 젊은 사람들을 떨친다는 것은 쉬운 일이 아니었다. 더구나 고경천은 경공에도 일가견이 있었다.

고경천에게 앞을 가로막히자, 순식간에 천의산장 무사들이 언송초 일행을 포위했다.

"제기랄! 나도 이제 늙었군."

"오냐, 이놈들! 모조리 까마귀밥으로 만들어주마!"

언송초와 풍죽괴가 고래고래 소리치며 전력을 다해서 검법을 펼쳤다.

반면 삼불자는 입을 꾹 닫은 채 간결하게 손을 썼다.

강호사괴 중 무공이 가장 강한 사람이 바로 삼불자였다. 그가 고경천을 맡았다.

삼불자는 무기를 쓰지 않는데, 삼불장이라는 이름의 괴상한 장법은 강호에서도 절기로 유명했다.

고경천의 무공이 강하다 해도 삼불자에게 우세를 점한다는 것은 쉬운 일이 아니었다.

문제는 언소소였다.

그녀도 나름대로 무공을 익히고 있었다. 하지만 그녀의 실력으로는 밀각의 무사 하나도 상대하기가 어려웠다.

결국 언송초와 풍죽괴가 그녀를 보호하면서 싸워야 했다. 그 바람에 두 사람은 제 실력을 발휘할 수가 없어서 시간이 갈수록 위기에 몰렸다.

그렇게 이십여 초의 공방이 이어질 즈음.

"악!"

언소소가 끝내 짧은 비명을 내지르며 팔을 움켜쥐었다. 위기에 처한 언송초를 도와주려다가 거꾸로 부상을 입은 것이다.

"소소야!"

대경한 언송초가 전력을 다해서 삼 검을 펼쳤다. 앞에 있는 자들이 뒤로 물러서자 그는 재빨리 언소소 곁으로 갔다.

그러나 천의산장 무사들도 보고만 있지 않았다.

탐랑군의 직속 무사 셋이 언송초를 공격했다. 날카롭고 강력한 힘이 실린 공격에 언송초의 손발이 어지러워졌다.

"계집을 잡아라!"

유수가 소리치자, 천의산장 무사 하나가 언소소를 향해 몸을 날렸다.

언소소의 얼굴이 창백해졌다.

그녀가 아무리 대범하다 해도 이제 열여섯 소녀였다. 강력한 적 앞에서는 겁이 날 수밖에.

그녀는 뒤로 주르륵 물러서며 상대의 공격에서 벗어나려 했다.

하지만 그녀가 물러서는 것보다 무사의 행동이 더 빨랐다.

땅!

언소소의 검을 쳐낸 천의산장 무사가 냉랭히 말했다.

"죽고 싶지 않으면 대항을 포기해라, 계집!"

그 순간!

쾅!

폭음과 함께 천의산장 무사가 훌훌 날아갔다.

"나쁜 새끼. 어디 여자한테 검을 들이대?"

분노의 욕설과 함께 한 사람이 언소소 앞에 내려섰다.

그자는 얼굴에 복면을 하고 몸에는 포대처럼 생긴 괴상한 옷을 입고 있었다.

다름 아닌 사운평이었는데, 유수와 천의산장 무사 몇이 자신을 알아볼까 봐 다급히 백마사로 들어가서 창고에 있는 포대를 뒤집어쓰고 달려온 것이다.

때마침 무사 하나가 언소소를 위협하는 걸 본 그는 격공장을 펼쳐서 날려 버렸다.

사운평은 상황이 좋지 않다는 걸 알고 실력을 아끼지 않았다.

자신을 죽이려고 달려드는 자에게 손을 쓸 때는 손이 떨리지 않는 그였다.

설령 죽이지 못한다 해도, 죽지도 살지도 못하게 만들어 줄 수는 있었다.

비류무영신법을 펼친 그는 동에 번쩍 서에 번쩍 하면서 천의산장 무사들을 공격했다.

갑작스런 그의 출현은 전황을 흔들어놓기에 충분했다.

유령 같은 몸놀림과 번개처럼 **빠른** 도법은 경계하고도 막기가 힘들었다.

쾅광! 퍼벅!

"으헉!"

"피해!"

"웬 놈이냐!"

"니네 형이다, 비겁한 자식아!"

"크악!"

잠깐 사이에 서너 명이 피를 흘리며 쓰러지자 천의산장 무사들이 동요했다.

그 덕에 겨우 숨을 돌린 언송초와 풍죽괴는 천의산장 무사들의 공격을 거세게 받아쳤다.

사운평도 탐랑군의 직속 무사 셋을 몰아붙였다. 그의 도세를 맞받아 친 세 사람의 얼굴이 와락 일그러졌다.

사운평 자신은 아직 못 느끼고 있지만, 그의 도법은 빠를 뿐만이 아니라 일도 일도에 강력한 힘이 실려 있었다.

게다가 살천류 역사상 단 한 사람만 펼칠 수 있었다는 일 초(一招) 구변(九變)이 그의 칼끝에서 자연스럽게 표출되고 되었다.

무종무록을 해석하고 익히면서 달라진 변화였다.

찰나 간에 펼쳐진 일 초에서 아홉 번의 변화가 일으킨 위력은 소름이 끼칠 정도였다.

따다당!

귀청을 뒤흔드는 세 번이 굉음이 마치 한 번처런 거이 동시에 울렸다. 그러나 사운평의 도는 그 이후에도 연속적으로 변화를 일으키며 천의산장 무사들을 휘감았다.

"크억!"

사운평을 막던 무사 하나가 비명을 지르고는 옆구리를 움켜쥔 채 비틀거렸다. 나머지 둘도 창백하게 질린 표정으로 물러서기에 급급했다.

고경천은 상황이 급변하자, 연속 삼 검을 펼쳐서 삼불자를 공격하고는 뒤로 훌쩍 몸을 날려서 거리를 벌렸다.

"모두 물러서라!"

그가 수하들을 향해 외쳤다.

천의산장 무사들은 공격을 멈추고 일제히 썰물처럼 물러났다.

사운평은 그들이 물러서자 더 이상 공격하지 않았다. 그로선 죽기 살기로 싸울 이유가 없었다.

삼괴야 그들이 공격을 멈춘 게 고마울 지경이었고.

천의산장 무사들이 죽음을 각오하고 공격하면, 설령 이긴다 해도 삼괴 중 한둘은 죽음을 각오해야 하는 것이다.

특히나 언송초는 언소소가 걱정되어서, 싸움이 멈추자마자 숨 돌릴 틈도 없이 그녀에게 급히 다가갔다.

"소소야, 괜찮으냐?"

"걱정 마세요, 할아버지. 깊게 베이진 않았어요."

"어디 보자. 이런! 상처가 깊잖아?"

언송초는 다급히 지혈을 하고, 품속에서 금창약을 꺼내 상처에 뿌렸다.

그때 고경천이, 복면을 하고 포대 같은 옷은 입은 사운평을 분노의 눈길로 노려보며 다그치듯 물었다.

"네놈은 누구냐?"

"너희야말로 누구냐? 누군데 나이 드신 어르신들과 어린 소녀를 죽이려고 날뛰는 거냐? 혹시 마도의 놈들이더냐? 그렇다면 이 정의의 협사께서 용서치 않을 것이다! 모두 덤벼라!"

사운평은 목소리마저 가성을 써서 악을 쓰듯이 소리쳤다.

광분하며 길길이 날뛰는 그의 모습이 어찌나 그럴듯한지 삼괴조차 정신이 혼란스러웠다.

도대체 저 미친놈은 누굴까?

하물며 고경천은 오죽하랴. 핏대가 솟은 그는 분노를 겨우 억누르고 언송초 등을 향해 으르렁거렸다.

"늙은이들. 천의산장과 적이 된 것을 반드시 후회하게 될 것이다."

"헛소리 말고 꺼져라!"

언송초가 평소의 그답지 않게 예의를 내팽개치고 냉랭히 쏘아붙였다. 손녀의 피 앞에서는 천하의 설편자도 평범한 할아버지에 불과했다.

"그만 가자! 부상자들을 챙겨라!"

승산이 없다는 판단을 내린 고경천은 부상자들을 데리고 미련 없이 그곳을 떠났다.

언송초는 옷을 찢어서 언소소의 상처를 싸맨 후에야 사운평에게 말했다.

"누군지 모르지만 도와줘서 고맙소."

아마 설편자에게서 진심 어린 고마움의 인사를 받은 사람은 몇 년 내에 사운평이 처음일 것이었다.

사운평은 정체가 탄로나 봐야 좋을 것 없다는 생각에 고개만 슬쩍 끄덕이고 돌아섰다.

그런데 구미호 같은 언소소가 그를 빤히 보며 말했다.

"정말 고마웠어요, 사 공자."

사운평이 움찔했다.

'윽. 확실히 여우라니까.'

언송초가 깜짝 놀라서 눈을 동그랗게 떴다.

"뭐? 사 공자? 그럼 자네가 사평이란 말인가?"

풍죽괴와 삼불자는 그 말을 듣고 나서야 언소소의 말뜻을 알아듣고 사운평을 자세히 뜯어보았다.

사운평은 더 속이지 못하고 순순히 언소소의 말을 인정했다.

"놈들이 저를 알아보면 일이 복잡해질 것 같아서 변장을 했습니다. 지금도 놈들이 어디에서 쳐다볼지 알 수 없으니 복면을 벗지 못하는 걸 이해하십쇼."

그러잖아도 사운평 때문에 발생한 일이다. 아마 고경천도 복면인이 당시의 진평인 걸 알았다면 순순히 물러가지 않았을 것이다.

"음, 그랬군. 알겠네. 그런데 이곳에는 어쩐 일인가?"

"아침부터 천의산장 무사들이 백마사로 몰려간다고 해서 무슨 일인가 싶어 와 봤죠. 그런데 노선배님들이 공격을 받고 있는 것 아니겠습니까? 그래서 부랴부랴 모습을 바꾸고 뛰어든 겁니다."

"하긴 청부업을 한다고 했으니 정보에 밝겠군."

"좀 그런 편이죠."

"살인 청부도 받는가?"

"아뇨. 저희가 주로 하는 일은 정보 조사와 물건 회수 등이고, 살인 청부는 받지 않습니다."

"아쉽군. 고경천이라는 놈을 좀 죽여 줬으면 싶었는데."

"그런 일은 살수 문파에 맡기십시오. 제가 한 군데 소개해 드릴까요?"

살수 문파는 언송초도 아는 곳이 있었다. 하지만 그곳에 맡기려면 상당한 대가를 내야 했다. 상대가 천의산장 사람이고, 옥면설풍검 고경천이라는 걸 알면 맡지도 않겠지만.

"그럴 필요까진 없네. 그보다 부상도 치료할 겸 겸사겸사 성 안으로 들어갈 생각이네. 혹시 잘 아는 의원이 있는가? 입이 무거운 놈이면 좋겠는데."

"낙양의 의원들은 대부분 상선로 쪽에 몰려 있죠. 찾아보면 입이 무거운 사람도 있을 겁니다."

"맞아. 나도 언젠가 들었던 것 같군. 그럼 그곳으로 가 보세."

"함께 말입니까?"

"왜, 싫은가?"

"싫다기보다는 워낙 바빠서……."

사운평이 얼버무리며 거부하려 하자, 언송초가 그를 빤히 바라보며 말했다.

"우리가 왜 그놈들과 싸운 줄 아나?"

사운평도 짐작 가는 바가 없는 것은 아니었다.

아마 천의산장에 갔던 일 때문에 벌어진 일이겠지. 아니면 자신들 때문에?

아니나 다를까 언송초가 또박또박 말했다.

"바로, 자네 때문이네. 자네 정체를 알려 주지 않았더니 잡아가려고 하더군. 그래도 끝까지 입을 다물었지. 그랬더니 아예 죽이려 하지 뭔가."

—나는 그렇게 목숨을 걸고 입을 다물었는데, 너는 사소한 일도 도와주지 않겠다고?

그런 추궁이 담긴 말이었다.

사운평은 언송초의 말이 거짓이 아니란 걸 첫마디 말을 듣는 순간부터 알 수 있었다.

갑자기 찡한 느낌이 들었다.

사기꾼으로만 생각하고 거리를 두었던 언송초가 목숨이 위급한 상황에서도 자신을 지켜 주다니.

그동안 설편자라는 별호 때문에 너무 선입견을 앞세워서 언송초를 대한 것 같아서 왠지 미안했다.

"그랬었군요. 노선배께서 저를 그렇게 생각해 주셨는데 제가 나 몰라라 하면 나쁜 놈이죠."

"내 말을 이해했다니 다행이군."

"마침 상선로에 제가 아는 의원이 있습니다. 실력이 뛰어날 뿐 아니라, 외상의 전문가죠. 그리고 입이 무척 무거워서 비밀도 잘 지키는 친굽니다. 가시죠."

　　　　　*　　　　*　　　　*

　사운평과 언송초 일행은 천의산장의 감시망을 피하기 위해서 낙양
성을 빙 돌아 서문으로 들어갔다.

　사운평은 언송초 일행을 상선로 골목 구석의 풍월객잔에 투숙시켰
다. 그리고 임풍을 그곳으로 데려갔다.

　임풍은 능숙한 손길로 삼괴를 치료하고 언소소의 상처도 다시 손보
았다. 깊게 베인 상처는 처음에 처리를 잘 해야 상흔이 적게 남는 법.
언송초가 응급치료를 했다지만, 아무래도 전문가와 같을 순 없었다.

　상처를 치료한 삼괴는 운기를 해서 내상을 다스렸다.

　일단 소주천으로 진기를 안정시킨 그들은 당분간 그 객잔에서 지내
기로 결정했다.

　"사평, 백운장에 말 좀 전해 주게."

　"백운장예요?"

　"그들과 약속한 것이 있는데, 그들은 우리가 백마사에 있는 줄 알
거네. 지금쯤은 천의산장에게 공격당한 것을 알지도 모르지만, 우리
가 이곳으로 온 것까지는 알지 못할 거네."

　"이곳에 있다는 말만 전하면 됩니까?"

　"그래."

　"알았습니다. 그 정도 일은 공짜로 해 드리죠."

　사운평이 직접 백운장을 찾아갔다.

　백원양은 삼괴가 낙양성 내에 들어와 있다는 말을 듣고 눈살을 찌

푸렸다.

삼괴가 천의산장 무사들과 싸웠다는 보고는 이미 받았다. 복면괴인 덕분에 위기를 벗어났다는 것도.

그러나 아직 그들의 행선지는 파악되지 않은 상태였다. 싸운 이유도 아직 모르고.

"그들이 성 안으로 들어와 있단 말인가?"

백원양으로선 삼괴의 낙양 진입이 신경 쓰이지 않을 수 없었다.

단순히 장소를 옮긴 거라면 신경 쓸 것이 없었다. 문제는 천의산장과 대판 싸웠다는 데 있었다.

자칫해서 천의산장이 백운장과 강호사괴 사이의 일을 알게 되면 상황이 복잡해질지 모르는 것이다.

"그렇습니다, 장주."

"듣기로는 천의산장 무사들과 싸웠다는 것 같던데, 다친 사람은 없는가?"

"자잘한 상처를 입긴 했습니다만, 다행히 큰 부상 없이 마무리되었죠."

"무슨 일 때문에 싸웠는지 아는가?"

"천의산장에서 삼괴 어르신에게 알아볼 것이 있었나 봅니다. 그런데 삼괴 어르신이 알려 주지 않았더니 다짜고짜 검을 빼 들고 달려들었다는군요."

백원양은 내심 안도했다.

천의산장 쪽에서 무엇을 물어봤는지 정확한 것은 알 수 없었다. 다만 분명한 것은 삼괴가 입을 다물었다는 것이다.

그렇다면 삼괴와 백운장의 관계에 대해서도 천의산장은 아직 모른다는 뜻이 아니겠는가.

"의외군. 그들이 자네를 거쳐서 연락하다니. 본래 아는 사인가?"

"하, 하, 하. 전부터 잘 알고 지낸 사이죠. 그래서 그분들도 저에게 연락해 달라고 부탁한 겁니다."

사운평은 가볍게 웃으며 어깨를 추켜올렸다. 마치 그 정도쯤은 놀랄 일도 아니라는 듯.

"발이 넓군. 강호의 기인인 그들과 친하다니 말이야."

"이런 일을 하려면 아는 사람도 많아야 하죠."

백원양은 사운평을 지그시 바라보았다.

사운평은 별일 아닌 듯 말하지만, 결코 그렇지가 않다는 것을 그는 잘 알고 있었다.

이름도 알려지지 않은 낙양의 일개 청부업자가 강호사괴와 친하게 지낸다? 비밀스런 일과 관련된 심부름을 할 정도로?

더구나 사운평은 엽청원을 구해 줄 정도로 무공도 고강했다.

'정말 묘한 친구군.'

아마 사운평이 천의산장 무사들을 물리치는 데 결정적인 역할을 한 복면 괴인인 걸 알았다면 달리 평가했을 것이다.

'묘한 친구'가 아니라 '위험한 놈'으로.

하지만 그는 아직 그 사실까지는 알지 못했다.

"그들이 언제까지 풍월객잔에 있을 것 같은가?"

"아마 사나흘은 있지 않을까 싶습니다."

"알았네. 그렇다면 그 객잔으로 연락한다고 전해 주게."

"예, 장주. 그럼 이만 일어나겠습니다. 이번 일 때문에 이것저것 준비하느라 제가 워낙 바빠서……."

사운평은 한시도 시간을 놀릴 수 없다는 듯 자리에서 일어났다.

사실 바쁠 일은 없었다. 하지만 안 바빠도 바쁜 척을 해야 상대도 자신이 열심히 일하는 줄 알 것 아닌가.

그런데 백원양이 일어서는 사운평에게 물었다.

"검천성에는 누가 가는가?"

"제가 직접 갈 생각입니다."

"그래? 그럼 잘 됐군. 자네가 미리 알아 두어야 할 일이 하나 있네."

"말씀해 보시지요."

"우리 쪽에서 사람을 두엇 딸려 보낼 생각이네."

사운평이 미간을 좁히고 무뚝뚝한 표정으로 말했다.

"설마 저희를 감시하기 위해서 보내는 건 아니겠죠?"

"그게 아니네. 상대가 상대인 만큼 혹시라도 도움을 줄 수 있을까 싶어서 보내는 것이니, 기분 나쁘게 생각하지 말게."

"어설프게 돕는다고 나섰다가는 오히려 방해만 될 뿐입니다."

"내 어찌 모르겠나? 그들은 자네들이 하는 일에 일절 간섭하지 않을 거네."

"당연히 그래야죠. 만약 그들이 제 말을 듣지 않고 임무 수행을 방해한다면 저희는 바로 철수할 것입니다. 그리고 계약은 백운장 쪽에서 파기한 것으로 알겠습니다."

상대의 잘못으로 계약이 파기되면 선수금 이백 냥은 돌려주지 않아도 된다.

"알겠네. 그럼 어디로 가야 자네를 만날 수 있는가?"

"모레 새벽에 풍월객잔으로 보내십시오."

사운평이 백운장을 나선 직후, 나승이 백원양과 마주 앉았다. 그는 불만이 많은 표정이었다.

"령주, 왜 그자에게 우리가 따라간다는 것을 알리신 겁니까?"

원래는 몰래 따라갈 생각이었다. 그런데 백원양이 갑자기 계획을 틀어 버린 것이다.

"그의 능력이 예상보다 더 뛰어나기 때문이네. 나중에 우리가 뒤를 밟고 있다는 걸 그가 알게 되면 아무래도 문제가 커지지 않겠는가?"

"들키지 않으면 될 것 아닙니까?"

"우린 그가 삼괴와 관련된 것도 모르고 있었네. 앞으로도 무슨 일이 벌어질지 어찌 알겠나? 그의 능력을 확실하게 모르는 한 차라리 함께 움직이는 것이 나아."

"령주께선 그자의 능력을 너무 높게 평가하시는 것 같습니다."

"그렇게 보이는가?"

"솔직히 저는 그자를 높게 평가하는 령주의 마음을 이해할 수 없습니다. 일개 청부업자가 대단하면 얼마나 대단하겠습니까? 더구나 그는 아직 새파랗게 젊은데, 그동안 경험을 쌓을 시간이 얼마나 되었겠습니까? 제 눈에는 그저 과욕만 앞세운 철부지 청년으로 보일 뿐입니다."

백원양은 약간 격해진 나승의 말에 묘한 미소를 지었다.

"자네 말이 맞을지도 모르네. 그런데 말이야, 나는 이상하게도 내가 그를 너무 과소평가한 것이 아닌가 하는 생각만 드네. 이런 일은 이 백운이 오십 년을 살아오면서 처음이야."

나승의 눈빛이 순간적으로 심하게 흔들렸다.

그는 '백운'이라는 이름이 백원양의 입에서 나온 후에야, 자신이 지금 역술과 관상을 보는 데 있어 천하제일이라는 백운의 판단에 반기를 들었다는 사실이 떠올랐다.

이번 일이 있기 전까지는 상상도 못 했던 일.

어쩌다 자신이 이런 얼토당토않은 일을 저지르게 된 걸까?

모두가 그놈 때문이다. 삼류 청부업자인 그놈 때문에.

'흥, 이마빡에 피도 안 마른 그딴 놈이 뭐 잘났다고 그러는 거야?'

그는 백원양의 판단이 영 마음에 안 들었지만 그래도 일단은 한발 물러섰다.

"어쨌든 령주께서 그리 말씀하시니 따르긴 하겠습니다만, 어제 말씀드린 대로 마지막 결정은 제가 내릴 수 있도록 허락해 주십시오."

"그리 하게나."

백원양은 나승의 청을 순순히 허락했다. 그는 크게 걱정하지 않았다.

'아마 자네의 능력으로는 그를 마음대로 하기가 쉽지 않을 거네.'

*   *   *

"자네는 궁금하지도 않은가?"

"때로는 모르는 게 나을 때도 있죠."

"알고 싶다면 말해 줄 수도 있는데."

"어차피 바빠서 다른 일에는 신경 쓸 틈이 없습니다."

사운평도 사실 백운장과 삼괴 사이에 무슨 일이 있는 것인지 무척 궁금했다. 그러나 언송초 일행과 엮여 봐야 좋을 것이 없다는 생각에 호기심을 꾹 참고 외면했다.

"그 청부업이라는 거, 돈벌이가 잘 되나 보지?"

"먹고살 정도는 됩니다. 가끔은 큰 건수도 터지고요."

"지금 바쁘다는 일의 건수가 큰 모양이군."

"뭐, 작지는 않죠."

사운평은 언송초의 말에 조심스럽게 대답하면서 최대한 비밀을 유지했다.

청부대금의 선수금이 금자 이백 냥이나 된다는 것도.

알게 되면 욕심낼지도 모르니까.

"얼마 받기로 했나?"

"상대와 약속한 게 있어서 그 일에 대한 것을 일절 말씀드릴 수 없습니다."

"허허허허, 약속을 했다면 지켜야지. 청부업은 신용이 생명인데."

"이해해 주셔서 감사합니다."

언송초는 잠시 뜸을 들인 뒤 넌지시 말을 이었다.

"만약 우리가 청부금을 주고 일을 의뢰하겠다면 할 수 있겠나?"

"의뢰 내용에 따라 달라지겠죠. 전에 말씀드린 것처럼 살인 청부는 받지 않으니까요."

"물론 살인 청부를 하겠다는 건 아니네."

"일단 무슨 일인지 말씀해 보십시오."

"간단히 말해서, 우리가 원하는 일에 대해 조사해 주면 되네."

"좀 더 자세히 말씀해 보시죠."

"그 이상은 자네가 의뢰를 받아들였을 때 해 줄 수 있네. 자네가 말만 듣고 못 하겠다고 하면 우리만 손해 보는 일 아닌가?"

강호사괴 중 삼괴가 조사를 원하는 일. 그 일을 아는 것만으로도 훌륭한 정보다.

그러나 언송초도 사운평의 꾐수에 쉽사리 넘어가지 않았다.

사운평은 아쉬웠지만 겉으로는 일절 표내지 않았다.

"말씀하시기 힘들다면 어쩔 수 없죠. 어차피 지금은 바빠서 다른 일을 맡을 수도 없으니 그 일에 대해서는 나중에 다시 이야기하죠."

"하나 맡은 일 때문에 다른 의뢰를 맡을 수 없는 걸 보면 천해문의 규모가 작은 모양이군."

"시작한 지 얼마 되지 않아서 아직은 인원이 적습니다. 하지만 머지않아서 지금보다 훨씬 규모가 커질 겁니다."

"그럼 이렇게 하면 어떻겠어요?"

듣고만 있던 언소소가 두 사람의 대화에 끼어들었다.

사운평은 바짝 긴장했다. 언송초보다 훨씬 더 상대하기 어려운 사람이 언소소였다.

"뭘 어떻게 하겠다는 거요, 언 소저?"

"청부업을 한다고 했으니 정보를 얻을 수 있는 선이 있을 거예요. 그렇죠?"

"그렇소. 규모가 작긴 해도 우린 자체적으로 정보망을 갖고 있소."

"그럼 더욱 잘됐네요. 현재 우린 정보가 필요하고, 천해문은 일손이 부족해요. 그렇다면 서로 부족한 면을 채워 줄 수도 있지 않겠어요?"

사운평은 그녀의 말에 귀가 솔깃했다.

"정보를 얻는 대가로 일을 처리해 주겠다? 상부상조(相扶相助)하자?"

"그와 비슷해요."

"실컷 받기만 하고 나 몰라라 하면 소용없는 일 아니오?"

"그 문제는 계약을 하면 해결돼요."

"계약? 어떻게?"

"예를 들어서, 일 년이든 이 년이든 기간을 정하고 서로의 일을 도와주기로 한다는 계약서를 작성하는 거죠. 일방적으로 계약을 어기면 만천하에 약속 불이행 사실을 공표해도 죄를 묻지 못한다는 조항도 넣고요. 할아버지는 어떻게 생각하세요?"

언송초는 나름대로 심각하게 고민을 하는 척하더니 무게 있게 고개를 천천히 끄덕였다.

"확실히 머리가 굳어 버린 우리 늙은이들보다는 젊은 네가 낫구나. 서로의 장점을 살릴 수 있다면 그것도 괜찮은 일이야. 자네들은 어떤가?"

언소소의 제안을 찬성한 언송초가 풍죽괴와 삼불자의 의견을 물었다.

두 사람은 조건을 걸고 찬성했다.

"나쁜 일을 하는 것만 아니면 나는 찬성."

"여자와 싸우는 것, 도사나 중을 상대하는 것, 개를 때려잡는 것만 아니면 상관없어."

사운평이 생각해도 제법 그럴 듯한 제안이었다.

삼괴가 비록 괴팍하긴 해도 절정 고수가 아닌가?

그들이 있으면 써먹을 곳이 많을 듯했다.

다만 설편자라는 이름 때문에 신용이 조금 떨어지는 게 문제이긴 한데, 전체적으로는 실보다 득이 많았다.

나름대로 계산을 끝낸 그는 일단 튕겨 보았다.

"은자 열 냥짜리 일을 해 주고 백 냥짜리 정보를 달라고 하면 우리만 손해 아니오?"

"은자 열 냥짜리 정보를 하나 주고 백날 일만 시키면 저희도 손해죠. 그래서 하는 말인데, 그 차액에 대해서는 매달 공정하게 정산을 하도록 해요."

언소소는 밀리지 않을 뿐만 아니라 해결책까지 내놓았다. 정말 강적이었다.

"흠, 정산을 해서 그 차액을 상대에게 준다?"

"바로 그거죠. 그럼 서로가 불만이 없을 거예요."

사운평도 불만이 없었다.

"만약 계약을 한다면, 기간은 어느 정도로 했으면 좋겠소?"

"일 년은 좀 짧을 것 같아요. 제 생각으로는 이 년 정도가 적당할 것 같은데."

"좋소. 그럼 기본 이 년으로 하고, 어느 한쪽에서 원하면 일 년씩 더 연장하는 걸로 합시다.”

“그것도 괜찮네요.”

강호를 뒤흔들(?) 계약이 끝나자, 서로간의 비밀을 털어놓는 시간이 되었다.

언송초가 먼저 말했다.

“우리가 왜 백운장에 찾아간 줄 아나?”

“운세를 보러 가신 게 아니라는 것 정도는 압니다.”

“백운 선생 백원양이 평범한 사람이 아니라는 것은 알지?”

“당연히 아니죠. 역술과 관상법으로 천하제일을 다투는 사람이 어찌 평범한 사람…….”

“듣기 싫은가?”

“계속하십시오.”

언송초는 사운평을 향해 눈을 한번 부라리고는 말을 계속 이어갔다.

“백원양의 뒤에는 신비 세력이 있네. 우린 그들에게 한 가지 제안을 했지. 천의산장을 견제하는 데 나서달라고 말이야.”

‘고양이에게 생선을 맡아달라고 했군.’

백운장 배후의 정체를 짐작하고 있는 사운평은 입맛이 썼다. 언송초야 그런 사실을 꿈에도 몰랐지만.

“내가 아는 천의산장은 이번 기회를 철저히 이용할 거네. 이미 검천성을 돕기 위해서 산장을 나선 자들만 해도 철마문을 뭉게 버리기에 충분한 인원이야. 그들이 철마문을 무너뜨린 뒤 그 힘을 다른 곳으로 돌리면 한바탕 혈풍이 불겠지."

"백운장의 배후에 있는 세력에 대해서는 얼마나 아십니까?"

"우연한 기회에 그들의 존재를 알게 되긴 했네만, 아직 정확한 정체는 파악하지 못했네. 다만 백원양의 성품을 봤을 때 마도인은 아닌 것 같다는 게 우리 생각이네."

"그들이 나서지 않겠다고 하면 어떻게 하실 생각이십니까?"

"그럼 어쩔 수 없지. 또 다른 사람들을 찾는 수밖에. 자네가 천의산장에서 만났다는 영호명도 대안이 될 수 있고 말이야."

사운평은 그 말을 듣고 영호명이 했던 말이 떠올랐다.

'그는 천의산장이 무서운 곳이라고 했지.'

그리고 곧 얼마나 무서운지 알게 될 거라고도 했다.

'언제 시간 나면 그 양반을 찾아봐야겠어.'

찾기는 어렵지 않을 듯했다. 천의산장의 힘이 밖으로 나온 이상 그도 움직일 테니까.

"이제 자네 이야기를 해 보게. 무슨 청부를 맡았는데 모든 문도가 나서는 건가?"

사운평은 간단하게 청부 건에 대해 말해 주었다.

"귀령자라는 사람을 찾는 것과 물건 하나를 회수하는 일입니다."

사운평은 그 말만 하고 차를 마셨다.

빤히 쳐다보던 언송초가 물었다.

"그게 다야?"

"예."

외마디 대답에 언송초는 어이가 없었다.

"그 일을 하는데 전부 나선다고?"

"검천성과 천도맹을 조사해야 하거든요."

어이없어하던 언송초 등이 이번에는 놀라서 벙 찐 표정을 지었다.

'도대체 어떻게 된 놈이 여기저기 걸리지 않은 곳이 없어?'

第十章

호굴(虎窟)로 들어가다

청부 의뢰를 맡은 지 사흘째 되던 날 새벽.

동이 트지도 않은 이른 시각에 초혜가 떠나는 사람들을 위해서 솜씨를 발휘했다.

천해문 사람들은 한바탕 야단법석을 떨면서 식사를 했다.

오늘 이후 언제 볼지 모르는 사람들이다. 어쩌면 다시는 볼 수 없는 사람이 있을지도 모른다.

그래서 더 과장된 몸짓을 하고 큰소리를 내지르는 듯했다.

심지어 항상 무게를 잡던 위지강조차 젓가락을 들고 요리접시를 향해 달려들어서 사운평과 심각한 대치 상태가 벌어지기도 했다.

그렇게 식사를 마치자, 언제 그랬냐는 듯 무거운 분위기가 흘렀다.

"필요한 것은 다 준비했어?"

"물론 다 챙겼지."

"지금이라도 떠날 수 있네."

"장안은 몇 번이나 가 본 적이 있으니 길은 염려하지 않아도 되네."

"도착하면 귀령자가 아직도 천도맹에 있는지 유무부터 확인하고 만구점 쪽으로 연락하쇼."

"알겠네."

사운평은 준비가 끝나자, 임풍과 구광, 위지강을 차례차례 둘러보았다.

"긴 말하지 않겠수. 돈 받고 싶으면 살아서 돌아오쇼. 죽으면 본인만 손해니까."

세 사람은 입을 열지 않고 고개만 끄덕였다.

사운평은 할 말 다했다는 듯 칼을 옆구리에 차고 작은 보따리를 등에 멨다.

"연홍, 객잔으로 가자."

"예, 대형."

동녘으로 태양이 솟아오르기 직전, 나승이 서른 전후로 보이는 무사 둘을 대동하고 객잔으로 찾아왔다.

먼저 도착해 있던 사운평은 조연홍과 함께 객잔 일 층에서 그들을 맞이했다.

나승이 오만한 표정으로 두 사람을 보며 말했다.

"장주께 말씀은 들었겠지? 우리 셋이 너희와 동행할 거다."

"방해가 되어선 안 된다는 말을 들으셨겠죠? 그 즉시 임무수행을 멈추거나 돌려보낼 것이니 그리 아십쇼."

"네가 엉뚱한 짓만 하지 않는다면 우리도 최선을 다해서 도울 거다."

"그만 출발하죠. 가자, 연홍."

사운평과 조연홍이 자리에서 일어나자 나승이 다급히 말했다.

"이봐, 아침 식사도 안 하고 갈 거냐?"

"우린 이미 하고 왔습니다. 먼 길을 갈 분이 식사도 안 하고 오셨습니까?"

"객잔에서 만나자고 하기에 식사를 여기서 할 줄 알았다."

"그럼 예비 식량은 준비했습니까?"

"안 했는데?"

사운평은 눈살을 찌푸리고서 나승과 두 장한을 바라보았다. 보따리가 없는 걸 보니 아무런 준비도 없이 온 듯했다.

돈만 있으면 된다고 생각했겠지.

아무것도 없는 황무지나 산속에서는 아무리 많은 돈도 소용없다는 걸 모르나?

그는 짜증 난 표정으로 주방을 바라보았다.

"이보쇼, 숙수! 혹시 만들어 놓은 요리 있수?"

주방에서 숙수가 눈을 비비며 고개를 내밀었다.

"지금은 없는데요?"

사운평은 더 묻지도 않고 몸을 돌렸다.

"우리가 준비해 놓은 육포가 있으니 가면서 드쇼."

"이봐, 식사를 하고 출발해도 되잖아?"

장한 하나가 불만스런 표정으로 말했다.

사운평이 그자를 째려보았다.

"왜 아침 일찍 출발하려고 한지 알아? 곧 천의산장 놈들이 남화장을 나와서 길거리를 돌아다닐 거거든. 난 그들과 마주치고 싶지 않아. 정 식사하고 싶으면 나중에 따라와. 우리 먼저 출발할 테니까. 가자, 연홍."

사운평이 조금도 망설이지 않고 걸음을 옮기자 연홍이 뒤따라갔다.

나승은 화도 내지 못하고 별수 없이 몸을 돌렸다.

"우리도 가자."

그즈음, 위지강 일행이 사운평 일행보다 한발 먼저 낙양성을 나섰다.

*　　*　　*

낙양성을 나선 사운평 일행은 낙수를 건넌 후 곧장 남하했다.

그날 오전, 남쪽에서는 한바탕 피의 폭풍이 불어대고 있었다.

철마문을 몰아붙인 검천성과 천의산장 무사들이 드디어 옥천산으로 진입한 것이다.

그때까지만 해도 강호인들은 이번 싸움이 오래 가지 않을 거라고 생각했다.

천의산장의 힘은 알려진 것보다 훨씬 강력했다. 천의산장에서 나온 무사는 이백여 명에 불과했지만, 그들의 무력은 검천성 오백 무사를 압도했다.

철마문 문도들은 그들 앞에서 추풍낙엽처럼 쓰러졌다.

모두가 천의산장의 무력에 놀라서 숨을 죽인 채 싸움을 지켜보았다.

그러나 옥천산에 들어선 검천성과 천의산장 무사들은 의외로 전진이 더뎠다. 뿐만 아니라 강력한 저항에 부딪쳐서 피해도 속출했다.

옥천산의 싸움이 난전으로 치달을 즈음, 태백산 동쪽 자락의 깊은 계곡에 있는 전각 안에서는 무거운 분위기가 흐르고 있었다.

전각 안에 있는 사람은 모두 열 명.

상석의 커다란 태사의에 사십 대 후반쯤으로 보이는 흑의 중년인이 위엄 어린 자세로 앉아 있고, 사오십 대의 중년인 여덟 명이 그의 좌우에 늘어서 있었다.

그들의 앞에는 회의를 입은 중년인이 무릎을 꿇고 있었는데, 그를 바라보는 상석의 중년인 눈빛에 짙은 분노가 어려 있었다.

"집행 사자들과의 연락이 완전히 끊겼단 말이냐?"

"그렇습니다, 곡주."

"이유는? 설마 위지강에게 당한 것은 아니겠지?"

"위지강은 부상이 심해서 집행 사자 일인도 상대하기 힘든 상태였습니다. 아무리 그동안 몸이 나았다 해도 그의 능력으로는 흔적 없이 그들을 모두 제거하는 일이 불가능합니다."

"그럼 누가 그들을 제거했단 말이냐?"

"현재로선 천의산장에서 나와 있는 자들이 가장 유력한 용의자입니다."

"누가 그들을 지휘하고 있느냐?"

“칠원성군 중 하나인 탐랑군 고경천입니다.”

상석의 흑의 중년인 눈에서 싸늘한 한광이 번뜩였다.

“차라리 잘된 일일지도 모르겠군.”

그의 좌측에 서 있던 오십 대 초반의 중년인이 칼칼한 목소리로 입을 열었다.

“공손수경이 외손자의 복수를 한답시고 내원의 무사들을 대규모로 파견한 것부터가 수상합니다. 곡주.”

“나도 같은 생각이네. 기회만 노리고 있던 차에 외손주가 죽었으니 천명으로 여겼을지도 모르지.”

“어떻게 하시겠습니까?”

이번에는 우측에 서 있던 강인한 인상의 사십 대 중년인이 물었다.

“저들이 먼저 맹약을 깬 셈이니 우리가 나선다 해도 뭐라고 할 수 없을 거다.”

“하오면……?”

흑의 중년인이 고개를 들었다.

“답답한 이 계곡에서 벗어날 때도 되었지. 안 그런가?”

좌우로 늘어서 있던 중년인들의 눈에서 열기가 피어났다.

“곡주의 뜻대로 하십시오!”

“명령만 내리소서!”

흑의 중년인인 태사의에서 일어났다.

“그대들의 뜻이 그러하다면 나도 더 이상 망설이지 않겠다. 우리 은명곡의 자랑스런 무사들이 뭐가 무서워서 이 구석진 곳에 숨어 살아야 한단 말이냐? 모두 세상으로 나갈 준비를 하도록 해라! 준비를 마치는 대로 천하에 은명곡의 존재를 알리겠다!"

*　　　*　　　*

사운평 일행은 낙양을 출발한 지 이틀 만에 무양에 들어섰다. 그들은 그곳에 도착해서야 옥천산의 상황을 자세히 들을 수 있었다.

굳이 누구에게 물어볼 것도 없었다. 객잔에서 식사를 하는 동안에도 비슷비슷한 이야기를 몇 번이나 들을 수 있었으니까.

"철마문도 제법이군. 천의산장과 검천성의 공격을 버텨내다니."

나승은 철마문의 강력한 저항이 의외인 듯했다.

하지만 그뿐, 철마문이 무너질 것임을 믿어 의심치 않는 표정이었다.

그러나 사운평은 그러한 말을 들으면서 이전에 자신이 지나가듯이 했던 말을 떠올리고 곤혹스런 표정을 지었다.

'진짜 그들 뒤에 누가 있는 거 아냐?'

당금 강호에서 철마문을 배후 조종할 만한 힘이 있는 마도의 대문파는 두 곳밖에 없었다.

하나는 장강을 실질적으로 지배하고 있는 호남 동정호의 만혈궁(滿血宮). 또 다른 하나는 황산의 사황성(邪皇城).

그러나 그 두 곳도 철마문을 완벽하게 굴복시켜서 조종할 정도는 아니었다.

'그들이 철마문을 장악했다면 이미 강호에 소문이 났겠지.'

그들마저 아니라면 철마문 단독으로 지금과 같은 괴력을 발휘하고 있다는 말인데, 그것은 더욱더 이해되지 않는 일이었다.

그만큼 강했다면 그들이 지금까지 참고 있었겠는가?

"좌우간 검천성에서 무사를 더 파견한다고 하니 우리에게는 잘 됐수."

"어떤 식으로 일을 진행할 것이냐?"

"그거야 우리 방식대로 해야죠."

"어떤 방식?"

"그건 영업상 비밀입니다."

사운평이 나승의 질문을 단칼에 잘랐다.

나승은 사운평을 노려보았다.

무양까지 오면서 구박 아닌 구박을 받았다.

처음에는 육포 몇 개 더 달라고 했다가, 나중에는 노숙할 것이 아니라 객잔에서 하루 쉬고 가자고 했다가 한소리 들었다.

처음 나설 때만 해도 상상도 못 했던 일.

그래도 일을 방해할까 봐 꾹 참았는데, 아무래도 참는 게 능사는 아닌 듯했다.

"계획을 알아야 우리가 돕든 말든 할 것 아니냐?"

"솔직히 말해도 되겠습니까?"

"말해 봐라."

"돕는 건 바라지 않으니 방해만 하지 마쇼."

속에서 뜨거운 뭔가가 확 올라왔다. 하지만 나승은 아무 말도 할 수 없었다.

빤히 바라보는 사운평의 표정이 지금까지와 달리 차가웠다. 눈빛도 이상하리마치 깊어서 마주 보고 있으면 빨려드는 듯했다.

자신도 모르게 침을 꿀꺽 삼킨 나승은 한발 물러섰다.

"정말 우리 도움이 없어도 되겠느냐?"

"이런 일은 전문가에게 맡기고, 당신들은 여기서 구경이나 하쇼. 괜히 나서 봐야 방해만 되니까."

결국 사운평은 나승과 두 장한을 무양의 객잔에 남겨 놓고 조연홍과 단둘이 검천성으로 향했다.

그날 밤. 두 사람은 두 번째로 검천성의 담장을 넘었다.

훔치는 것은 조연홍이 담당하고 사운평은 뒤를 맡기로 했다.

먼저 조연홍이 목표물인 동판, 진짜인지 가짜인지 모를 무총도가 있다는 영검원(永劍院)으로 접근했다.

그 동판이 든 상자는 영검원 안의 영보각(永寶閣)이라는 건물 내에 있었다.

사운평은 십여 장 거리를 둔 채 뒤를 따라가며 만약의 상황에 대비했다.

건물 세 곳을 통과할 때까지 본 경비 무사는 십여 명에 불과했다.

일차 오백 명에 이어 이백 명에 달하는 정예 무사들이 더 빠져나간 터였다. 당연하게도 전에 비해서 경비가 훨씬 허술할 수밖에.

이러한 경비라면 목표물을 빼내는 것쯤은 무영귀도의 제자에게 식은 죽 먹기가 아니겠는가.

그래도 사운평은 매사에 조심했다.

사고는 항상 방심하다 나는 법이다. 경공을 펼치는데 날아가던 박

쥐가 재수 없이 부딪치면 누굴 탓하겠는가 말이다.

그렇게 검천성의 중앙부에 이르렀을 즈음, 조연홍이 손짓을 해서 목적지인 영검원에 도착했음을 알렸다.

사운평도 전음을 보내서 그의 성공을 기원하는 덕담을 한마디 해 주었다.

『너라면 잘 할 수 있을 거다. 다치지 말고 조심해서 훔쳐 와라.』

조연홍은 대형의 염려가 담긴 말에 씩 웃고는 어둠 속으로 사라졌다.

사운평은 어둠 속에 몸을 숨기고서 영검원 내부의 상황에 귀를 기울였다. 혹시라도 일이 터지면 즉시 들어가서 조연홍을 구해야 했다.

그런데 반각도 되지 않아서 조연홍이 밖으로 나왔다.

성공했다고 하기에는 너무 이른 시간. 더구나 조연홍의 손에는 갈고리 같은 무기 외에 아무것도 들려 있지 않았다.

'어떻게 된 거지? 물건이 없나?'

그가 있는 곳으로 날듯이 다가온 조연홍이 곤혹한 표정으로 전음을 보냈다.

『대형, 내부의 진이 완전히 바뀌었습니다.』

『뭐?』

『아무래도 인원을 많이 빼내다 보니 약화된 경비 대신 기문진을 강화한 것 같습니다.』

『젠장…….』

『이중으로 된 진세여서 완전히 파악하기 전에는 진을 통과할 수가 없습니다. 어떡하죠?』

『일단 나가자.』

검천성을 빠져나온 사운평과 조연홍은 십 리가량 떨어진 계곡에서 걸음을 멈췄다.

"진을 파악하려면 어떻게 해야 하지?"

"일단 낮에 직접 눈으로 자세히 둘러봐야 감이라도 잡을 수 있습니다."

"낮에 보는 것과 밤에 보는 것이 달라?"

조연홍은 무영귀도의 제자답게 유난히 밤눈이 밝다. 그런데도 낮에 봐야 한다면 그만한 이유가 있을 터.

아니나 다를까 조연홍이 말했다.

"당연히 다르죠. 세세한 것까지 살펴봐야 하니까요. 제가 아무리 밤눈이 밝아도 이 밤중에 머리카락 떨어진 것까지 찾아낼 순 없잖아요. 더구나 낮에는 진의 일부를 해제시켜 놓을 테니 훨씬 파악하기가 쉬울 겁니다."

"그건 그렇군. 그렇다면 낮에 들어가서 봐야 한다는 건데……."

그때 문득 괜찮은 생각이 떠올랐다.

'그래, 잘하면 양천이란 자도 찾을 수 있을지 모르겠군.'

*　　　*　　　*

사운평과 조연홍은 무양으로 돌아갔다.

단, 나승이 있는 객잔으로 가지 않고 다른 객잔에 들어가서 쉬었다.

맨손으로 나왔다는 걸 나승이 알면 또 꼬치꼬치 참견할 게 뻔하니까.

이튿날 아침. 사운평은 남사강과 만나던 날의 얼굴로 역용을 했다.

어두운 밤이었던 데다 싸움 때문에 정신이 없던 터였다. 어차피 상세한 모습까지는 기억하지 못할 테니 어느 정도 비슷하기만 해도 되었다.

더구나 도둑답게 눈썰미가 좋은 조연홍이 당시의 얼굴을 기억하고 있어서 그 정도 꾸미는 것은 어렵지 않았다.

"입술 밑에 점만 붙이면 될 것 같습니다. 그날도 그 점이 유난히 눈에 띄었죠."

"그래? 이렇게? 위치 맞아?"

"예, 거의 일치합니다."

역용을 마치고 간단하게 아침 식사를 해결한 두 사람은 검천성으로 향했다.

이번에는 담장을 넘으려는 것이 아니었다. 당당히 정문을 통해서 들어가려는 것이었다.

두 사람은 검천성을 향해 뻗은 넓은 대로를 따라서 걸음을 옮겼다.

사운평의 걸음걸이에는 힘이 넘쳤다.

담장을 넘을 때와는 사뭇 느낌이 달랐다.

몰래 들어갈 때는 긴장되고 조마조마했는데, 떳떳하게 걸어서 다가가니 가슴이 다 시원했다.

'군자는 대로행이라는 말이 그냥 생긴 게 아니라니까.'

조연홍은 조금 다른 마음이었지만.

'지미, 정문으로 들어가려니 되게 떨리네.'

거대한 검천성 정문 앞에는 위사 두 명이 잔뜩 무게를 잡고 서 있었다.

사운평이 조연홍과 함께 정문 앞에 도착하자, 두 위사 중 삼십 대로 보이는 자가 목에 힘을 주고 물었다.

"무슨 일로 왔는가?"

사운평은 어깨를 펴고 정문을 휘휘 둘러보며 대답했다.

"선풍검객 남사강 장로님을 만나 뵈러 왔소."

대뜸 장로의 이름이 나오자 위사가 흠칫했다.

"남 장로님을?"

"그분께서 검천성을 지나는 길이 있으면 찾아오라 하셨지요."

위사는 사운평과 조연홍을 쓱 둘러보고는 이마를 좁혔다.

아무리 봐도 별 볼 일 없는 놈들처럼 보였다. 새파랗게 어린놈들이 장로를 잘 안다는 것도 이상하고.

장로의 이름을 대고 한두 끼 얻어먹으려고 온 놈들 아닐까?

가끔 그런 놈들이 있긴 했다. 대부분 나중에 들통 나서 쫓겨나긴 하지만.

"남 장로님과는 어떤 사인가?"

"얼마 전에 처음 만났소. 굳이 따진다면 도움을 주고받은 사이랄까요?"

위사는 그 말을 듣고 자신의 짐작에 확신을 가졌다.

'미친놈. 장로께서 너와 도움을 주고받았다고? 그게 아니라 네가 일방적으로 도움을 받았겠지.'

그리고 그 점을 이용해서 어떻게 한자리 해 보기 위해 검천성에 찾아온 듯했다.

"알다시피 본 성은 지금 철마문과의 싸움 때문에 정신이 없네. 장로께서도 사소한 일에 신경 쓸 정신이 없으니 돌아가서 다음에 오게."

"오늘 만났으면 싶은데⋯⋯."

"글쎄, 장로님은 바빠서 자네 같은 사람 만나 줄 시간이 없다니까?"

그때 성문의 한쪽 쪽문이 열리고 네 사람이 나왔다. 삼사십 대 나이의 무사들이었는데 복장을 보니 간부급 인사인 듯했다.

특히 사십 대 중반의 중년인은 상당한 고수인 듯 서 있는 자세에서 강한 기세가 느껴졌다.

그들 중 삼십 대 중반의 무사가 사운평 쪽을 향해 고개를 돌리고 눈살을 찌푸렸다.

"무슨 일인데 큰소리를 내는 거냐?"

"별일 아닙니다, 대주님. 이자들이 엉뚱한 소리를 해서 그냥 보내려던 참입니다."

"지금 상황을 모르는가? 대충 상대하고 보내."

"예, 대주."

위사가 절도 있게 고개를 숙이고는 사운평을 돌아보았다.

"혼나기 전에 그만 가게."

사운평은 그를 상대하지 않고 검천성에서 나온 자들을 향해 고개를 돌렸다.

"남사강 장로님께서 안에 안 계십니까?"

막 걸음을 옮기려던 자들이 멈칫했다. 그들 중 조금 전에 대주라 불렸던 자가 미간을 좁히고 사운평을 바라보았다.

"무슨 말인가?"

"남 장로님께서 지나가는 길이 있으면 들르라고 해서 찾아왔는데 자꾸 돌아가라고 해서 말이죠."

"남 장로님을 잘 아는가?"

"만난 것은 한 번뿐이니 잘 안다고 하기는 좀 그렇군요. 어쨌든 여기까지 온 김에 그분을 꼭 뵙고 싶습니다만."

대주라는 자는 검풍당(劍風堂) 삼대주인 왕운경이었다. 그는 사운평의 말을 듣고 짜증이 났다.

한 번 만난 것으로 인연을 따지자면 아마 찾아올 사람이 수만 명은 될 것이다. 그 사람들을 일일이 상대해 줄 수는 없는 일 아닌가?

"그분께서는 무척 바쁘시네. 그만 돌아가서 나중에 찾아오게."

"그럼 진무승 호법이라도 만나 뵈었으면 싶군요."

"진 호법님을? 그분은 또 어떻게 아는가?"

"전에 함께 만났습니다. 아! 혹시 이것을 아실지 모르겠습니다."

사운평은 품속에 손을 넣어서 가죽 주머니를 열고 옥비녀를 꺼냈다.

"이건 검천성주님의 부인이신 공손 부인께서 제게 준 옥비녀입니다. 저번에 철마문 놈들이 습격했을 때 저와 동생이 도와주었더니 그

자리에서 빼 주시더군요. 정말 인심이 후한 분이셨지요."

그 말에 사십 대 중반의 중년인이 눈빛을 번뜩였다.

"그 옥비녀가 성주 부인께서 내리신 거라고?"

"그렇습니다."

"어디 보세."

중년인이 사운평에게 다가가서 손을 내밀었다.

그는 검천성의 뼈대라 할 수 있는 검천팔당 중 검풍당 당주인 상산 검호(常山劍豪) 민평이었다.

민평은 성주 부인과 자주 대면할 기회가 있었던 만큼 기억을 떠올리면 옥비녀의 진위를 알 수 있을 듯했다.

사운평은 순순히 옥비녀를 넘겨주었다.

옥비녀를 살펴본 민평은 자세히 보지 않고도 성주 부인의 비녀라는 결론을 내렸다.

'맞아, 그때 성주 부인께서 도주할 때 도와준 자들이 있다고 했어. 그럼 이 청년들이?'

검천성의 자존심 때문에 당시 도와준 자들의 정체를 밝히지 않았다.

대 검천성의 성주 부인과 장로, 호법이 일개 낭인들의 도움으로 목숨을 구했다는 것 자체가 창피한 일이었으니까.

그러나 주요 간부들은 당시의 내막을 조금이나마 알고 있었다. 민평 역시.

그럼에도 그는 막상 성주 부인을 구해 주었다는 장본인을 대하자 놀라지 않을 수 없었다.

별 볼 일 없어 보이는 이 청년들이 철마문의 공격을 물리치고 성주 부인을 구해 주었다니.

믿기 힘든 일이지만 옥비녀를 갖고 있는 걸 보면 거짓은 아닌 듯했다.

"위사, 우린 무양에 가야 하니 자네가 이 사람들을 남 장로께 안내해라."

"예, 당주."

황급히 고개를 숙인 위사가 사운평에게 멋쩍은 표정으로 말했다.

"따라오쇼."

사운평은 민평 일행의 뒷모습을 슬쩍 쳐다보고는 위사를 따라 몸을 돌렸다.

'무양? 무슨 일인데 저리 급하게 가는 거지?'

왠지 찝찝한 기분. 하지만 이미 돌은 던져진 상황이었다.

"연홍, 들어가자."

*　　　*　　　*

남사강은 사운평을 반갑게 맞이했다.

평상시였다면 귀찮게 생각했을지도 몰랐다. 그러나 지금은 철마문과의 싸움으로 정신이 없는 시기. 한 사람의 고수가 아쉬운 판에 철마문의 정예 고수들을 물리쳤던 사람이 찾아왔으니 반갑지 않을 수 없었다.

"하하하, 어서 오게나."

"좀 더 일찍 찾아뵙고 싶었는데 바쁘다 보니 늦었습니다."

"젊을 때 바쁘게 사는 것은 좋은 일이지."

"이곳도 정신이 없는 것 같습니다. 어제 지원군이 출발했다는 소리는 들었습니다만."

"철마문 놈들이 예상 외로 강하게 버티는군."

"그래 봐야 그깟 놈들이 검천성을 당해낼 수 있겠습니까?"

"그거야 그렇지. 다만 피해가 클까 봐 걱정이네."

둘 다 속내를 숨기고 있다 보니 이런저런 쓸데없는 말만 한참을 오갔다.

그러다 남사강이 먼저 자신의 속을 내보였다.

"그래, 요즘도 바쁜가?"

"좀 그런 편이지요."

"마땅히 할 일이 없으면 이곳에 머물게. 내 최상의 대우를 해 주도록 하겠네."

"저도 그러고 싶은데, 맡은 일이 있어서 며칠 후에는 또 바빠질 것 같습니다."

"무슨 일인데 그러나?"

"누가 구해 달라는 물건이 있어서요."

조연홍은 그 말을 듣고 숨이 턱 막혔다.

그 말을 해서 어쩌잔 말인가?

도대체가 대형은 알 수가 없는 사람이다.

남사강이야 남의 부탁을 받고 물건을 구하러 가나보다 했지만.

"호오, 그런 일도 하는가?"

"하, 하, 하. 먹고 살려다 보니 이런저런 일을 하지요. 주로 정보를 조사해 주는 일이나 물건을 구해 주는 일입니다만. 특히 옛날 물건을 구하는 것은 나름대로 인정을 받고 있지요."

사실을 말하는 것이어서 말투도 억지스럽지 않고 표정도 자연스러웠다.

지켜보는 조연홍이야 조마조마해서 죽을 맛이었지만.

"골동품 같은 거 말인가?"

"그렇습니다. 남들은 제가 하는 일을 천하게 볼지 몰라도 저는 자유로워서 만족하고 있습니다. 돈벌이도 괜찮고요."

"아쉽군. 요즘 자네 같은 젊은이도 드문데 말이야."

"장로님 말씀은, 언제든 한곳에 안주하고 싶으면 그때 한번 생각해 보겠습니다."

"허허허, 그것도 좋지."

사운평은 그쯤에서 넌지시 자신의 목적을 드러냈다.

"오늘 이곳에서 지낼까 하고 왔는데, 철마문과의 싸움 때문에 괜찮을지 모르겠군요. 안 된다면 점심이나 얻어먹고 떠나겠습니다."

"무슨 소리? 그랬다간 도움 준 사람을 쫓아냈다고 강호의 친구들이 우리 검천성을 욕할 거네. 걱정 말고 얼마든지 지내게."

"감사합니다."

척, 밝은 표정으로 포권을 취한 사운평이 갑자기 생각났다는 듯 물었다.

"아, 혹시 호천검위 중에 양천이라는 사람 아십니까?"

"양천? 알지. 왜 그러나?"

"제가 아는 분이 잘 아시나 봅니다. 혹시라도 검천성에 가면 한번 알아봐 달라고 하더군요. 많이 다치진 않았는지 걱정된다면서요."

"그는 다행히 심한 부상을 입지 않았네."

"정말 다행이군요. 그분의 거처는 어딥니까? 만나서 안부인사라도 전했으면 싶은데요."

"지금은 가 봐야 만날 수 없을 거네. 부성주를 호위하고 철마문과의 싸움에 나섰거든."

"아, 그랬군요. 아쉽지만 어쩔 수 없죠."

정말 아쉬웠다. 그를 만나 봐야 이청산의 개입 여부를 확인할 수 있을 텐데.

'운이 좋구나, 양천.'

＊　　　＊　　　＊

사운평과 조연홍은 명색이 성주 부인을 구해 준 사람이 아닌가. 남사강은 두 사람을 검천성이 손님들에게 배정하는 방 중 상위 등급인 영빈관에 머물도록 했다.

"흠, 돈깨나 들었겠는데?"

방에 들어간 사운평은 휘휘 둘러보며 계산하기에 바빴다. 영빈관은 일파의 장로급 이상 되는 손님에게 내주는 방이다 보니 고풍스러우면서도 화려했다.

왠지 안 맞는 옷을 억지로 입은 것 같은 느낌.

조연홍도 같은 마음인가 보다.

"대형, 너무 깨끗하고 화려해서 어쩐지 어색한데요? 다른 객당의 방을 달라고 할까요?"

"아냐. 그냥 여기서 지내자. 여기서 영검원까지 얼마 안 되는 거 같거든."

영빈관에서 영검원 사이에는 건물이 하나밖에 없었다.

사운평은 점심을 먹고 조연홍과 함께 검천성 구경에 나섰다.

행여나 둘만 나서면 말썽이 생길까 봐 남사강에게 부탁해서 안내인을 하나 대동했다.

남사강은 자신의 제자인 소지안을 두 사람에게 붙여 주었다.

소지안은 낭인들의 안내인이 된 사실이 못마땅한 표정이었다.

그러나 사운평은 그의 마음을 개의치 않고 목줄을 매단 개처럼 이리저리 끌고 다녔다.

어차피 오늘이 지나면 그와는 남남이 될 사이니까.

그렇게 이곳저곳 돌아다니던 사운평이 마침내 한곳을 가리키며 물었다.

"저 별원의 건물은 특이하군요. 일반적인 거처가 아니라 꼭 창고 같은데요?"

"저긴 영검원이오. 영검원 안의 영보각은 운 형의 말대로 창고지요. 단 평범한 창고가 아니라, 오래전부터 본 성에서 구한 물건들을 보관하는 곳이오."

"호오, 그래요? 그럼 보물 창고 같은 곳인가 보군요."

"보물 창고라고 할 수는 없지만, 지난 이십 년 동안 모아 놓은 물건들이니 그중에는 보물도 있을지 모르지요."

"들어가서 구경해도 될까 모르겠군요."

"미안하지만 허락 없이는 들어갈 수 없소."

"아쉽군요. 저는 어릴 때부터 골동품을 모으는 취미가 있어서 옛날 물건만 보면 호기심을 참을 수가 없는데…… 소 형, 어떻게 구경할 방법이 없겠소?"

"내 능력으로는 힘드오."

"남 장로님께 부탁해도 안 되겠소? 절대 손대지 않고 구경만 하겠소. 소 형도 저 안에 든 물건들이 보물은 아니라고 했잖소?"

사운평이 계속 고집을 피우자 소지안도 난감해졌다.

단호하게 안 된다고 하고 싶지만, 사운평은 성주 부인을 구한 사람이 아닌가?

나중에 엉뚱한 말이라도 하면 자신의 처지가 곤란해질 수 있었다.

"일단 말씀은 드려 보겠소. 안 된다고 해도 나를 원망하진 마시오."

"하, 하. 내 어찌 소 형의 성의를 무시하겠소? 걱정 마쇼. 그렇게 속 좁은 사람은 아니니까."

〈다음 권에 계속〉

수라왕

이대성 신무협 장편소설

NAVER 웹소설 인기 무협 『수라왕』,
책으로 다시 돌아오다.

산법에 뛰어난 재능을 지닌 명석한 소년, 초류향.
진리를 깨우치고 숫자로 세상을 보게 된 소년,
그가 강호에 첫발을 내딛는다.

인물들의 외전과 뒷이야기를 정리한 설정집 수록!

dream books
드림북스

天下第一
천하제일

ORIENTAL FANTASY STORY & ADVENTURE

장영훈 신무협 장편소설

완전판으로 돌아온 NAVER 웹소설
무협 부문 최고의 인기작!

1년 후 강호가 멸망한다.
그것을 막을 자는 인시에 태어난 이화운뿐.
그를 찾아 위기에 빠진 강호를 구하라!

미모와 실력을 겸비한 여인 설수린, 수수께끼의 사내 이화운.
예견된 운명을 뒤집으려는 그들의 파란만장한 여정이 시작된다.

★
dream
books
드림북스